Ce livre paraît avec le soutien
des bibliothèques et archives de la Ville de Lausanne,
du Canton de Vaud et de la Loterie Romande.

ISBN : 978-2-940486-47-2

CH – 1006 Lausanne
www.plaisirdelire.ch

Couverture : Marlyse Baumgartner
Mise en page : Yvan Quarrey

DU MÊME AUTEUR

Yxos ou le songe d'Ève,
Éditions Plaisir de Lire, coll. Frisson, 2011.

PIERRE DE GRANDI

LE TOUR DU QUARTIER

ROMAN

PLAISIR DE LIRE

Mais que savent les mouches?
Et que savent les chiens?
Et, tant qu'on y est, que savent les hommes?

Paul Auster, Tombouctou

LES ROSES D'ALBERT

Mâtiné d'un peu de renard avec quelque chose des hommes auprès desquels me fait vivre ma névrose, je reste néanmoins et avant tout un chien.

Que je me sens bien à quatre pattes! C'est stable, et bien commode pour renifler au ras du sol, là où j'ai le plus de chances de déceler le passage d'un intrus, là où j'espère toujours identifier l'odeur épicée de cette chienne de belle race que j'ai dans les narines et que je rêve d'avoir encore sous mon ventre. Quant à mon cerveau, il recèle un programme incontournable qui, deux fois par jour, s'impose à mon existence : je dois faire le tour du quartier, pour vivre ma vie de chien. De coins de mur en réverbères, de trottoirs en allées, je suis l'itinéraire précis que m'imposent mes habitudes, en me disant, pour me rassurer, que je les ai librement choisies.

Ça y est, ma patronne m'a ouvert la porte. Ouf! … A vous je peux le dire: son parfum est bien trop violent pour mon subtil odorat. C'est comme un incendie, ça me brûle les papilles, surtout lorsqu'elle vient de s'en asperger. A croire qu'elle n'en perçoit même plus l'odeur insistante qu'elle traîne partout avec elle comme une nuée. Notez que ça lui va bien une nuée, puisqu'elle est nue sous sa robe de chambre. Bien sûr, je ne vois pas sa nudité, mais je renifle et je sens qu'elle est à poil, si je peux le dire ainsi. Je peux même affirmer que, de toute évidence, elle ne s'est pas encore douchée ce matin et que ceci, poivré par les effets des gémissements que j'ai entendus hier soir avant que son ami Albert ne reparte, vient compliquer sa nuée.

A peine dehors, je lève la truffe et je sais d'emblée qu'il n'a pas plu : ma tournée sera donc pleine de marques odorantes et de réminiscences non encore emportées par cette saleté de flotte qui tombe si souvent du ciel et fait, paraît-il, puer mon poil. Enfin, c'est ce qu'ils disent chez moi, en essayant de me culpabiliser d'avoir voulu sortir malgré la pluie. Pour moi, mon poil ne pue jamais. Au contraire, je raffole de toutes les senteurs que recueille mon pelage au cours de mes tournées. Et je ne culpabilise pas, car chacun aime ses effluves. J'ai même surpris ma patronne à renifler furtivement son slip avant d'en changer. Et pas qu'une fois. Allez savoir !

Il fait frais. C'est mieux pour les odeurs. La chaleur excessive ne leur vaut rien et la canicule les détériore.

Tiens, voilà Albert qui revient. C'est rare le matin. Oh! le sans-gêne : il cueille une fleur dans la plate-bande du voisin. Une rose, puis une deuxième. Et de trois. Il doit avoir quelque chose à se faire pardonner. Ou bien il se sent comme moi, quand j'ai tellement envie de trouver la trace de cette chienne dont je vous ai déjà parlé. Peut-être que le rêve d'Albert, c'est d'honorer ma patronne comme je fais moi. Du reste il m'a vu, une fois qu'en passant j'avais fait plaisir à la chienne de la concierge d'en face, le temps de la lécher un peu, comme je fais toujours, avant de leur poser mes pattes sur le dos, si vous voyez ce que je veux dire. Voilà qui pourrait avoir donné des idées à Albert, mais il doit se dire que ce n'est pas forcément le genre de ma patronne parfumée, volubile et tout. Alors il pense que les fleurs ça pourrait l'aider à créer l'ambiance, comme ils disent.

Il veut savoir s'il est bien tombé, Albert, avec ces roses. Alors il se les colle sous le nez. C'est à n'y rien comprendre. Qu'est-ce que cette odeur fadasse de végétal inerte et totalement inutile peut bien avoir avec l'idée d'Albert? Moi, je préfère déclarer mes offres contre un poteau ou contre un mur. Jamais je n'aurais l'idée de confier le moindre de mes désirs à une plante. Ce pauvre garçon semble ignorer que ma patronne a tout ce qu'il faut de non végétal pour le guider là où il veut aller. Il n'y comprend rien, Albert.

Je l'ignore et je pars dans le sens opposé. Le croiser est superflu, nous ne sommes décidément pas du même monde.

Ce constat ne signifie cependant pas que je pense cela de tous les humains. Non, je suis plus nuancé, j'ai fait mes observations : il y en a qui pensent un peu comme moi. Pas de doute. Mais d'autres sont plus que très chiens : je les ai vus faire bien pire que moi et pendant bien plus longtemps que moi. Surtout la nuit et tout particulièrement en absence de lune, là-bas dans le bois, du côté de l'étang.

UN TOUR D'ENFER

Que je sorte ou que je rentre, je ne suis pas de ceux qui glissent leur museau dans l'entrebâillement de la porte et forcent le passage, au risque de montrer ainsi qu'ils sont pressés, c'est-à-dire anxieux. Laisser percevoir son anxiété risque de dévoiler un sentiment de dépendance. Et moi j'évite, car je ne voudrais pas donner à ma patronne la possibilité d'user exagérément de mon assujettissement. Je suis déjà assez gêné d'avoir accepté tous ces compromis dont dépendent mes aises et mon confort. Il ne faut pas que j'y pense, sinon une sourde tristesse m'envahit et je me sens revêtu de honte.

Cette honte m'est venue le jour où j'ai rencontré Cartouche, un chien des rues avec lequel j'ai fait un tour d'enfer. A deux, c'est plus facile pour certains coups. Par exemple dans l'arrière-cuisine du restaurant «Au Chat Botté», ça avait été un vrai jeu de chiots de nous emparer chacun d'une côte de bœuf.

Nous savions que le gros matou, qui avait inspiré l'enseigne de cet établissement, était mort. Depuis quelques semaines, il ne se montrait plus, ne venait plus étaler son obésité sur les dalles du perron chauffées au soleil. Teigneux mais feignant, aussi fourbe que frileux, il avait crevé dans sa graisse, sur son joli coussin brodé de soie.

La porte de la cuisine donnant dans la cour était grande ouverte, si bien que de l'extérieur déjà nous avions repéré, dans un rai de soleil, une assiette posée à côté de la cheminée, et sur l'assiette, prêts à être mis au gril, deux beaux morceaux avec leur os.

Nous avons fait subrepticement irruption. Et, pendant que mon pote aboyait à tout va, puis saisissait la manche d'une grosse cuisinière en regardant vers la porte pour lui faire croire qu'il se passait quelque chose dehors, je m'emparai d'un des spécimens. Incapable d'aboyer sans lâcher le morceau, je levai la patte, et me mis à pisser dru sur le pied de la table, histoire de faire à mon tour diversion. La grosse dame saisit un torchon pour m'en frapper en hurlant et en me traitant de toutes sortes de noms que je ne compris pas. L'autre avait instantanément saisi la manœuvre. Calmement, il s'empara de la seconde côte de bœuf. Et là, nous nous sommes enfuis comme des voleurs, au point qu'après un tel effort il nous sembla que nous avions en définitive bien mérité notre butin.

Nous avons mangé en silence, l'un en face de l'autre, sans nous regarder, chacun la sienne, os compris. Un rare délice. Pour moi, néanmoins un peu émoussé à l'idée que la grosse femme puisse connaître ma patronne qui mange parfois dans cette gargote avec Albert. De toute façon, un tel coup n'est possible qu'une seule fois, même de l'avis expert de Cartouche qui s'était régalé comme jamais. Faut dire que son quotidien est plutôt maigre. Comme lui.

C'est en voyant ses flancs émaciés se creuser sous l'effet de son essoufflement que je me suis dit que, si la vie était pour lui à ce point difficile et précaire, je pourrais l'amener à la maison. Essayer de le faire accepter par ma patronne ou obtenir au moins qu'il reçoive de quoi se nourrir lorsqu'il viendrait jouer avec moi. Sur le ton d'un amical jappement, je lui demandai de m'écouter.

Ma proposition alluma une flamme de joie dans ses yeux, jusqu'à ce que son regard glisse sur mon encolure. Il y observait une discrète usure de mon pelage. Il avait compris – d'autant plus rapidement qu'il est un familier de Monsieur Jean de La Fontaine et que son grand-père avait été un authentique loup – que j'étais un de ceux qui acceptent de porter un collier.

«Non, merci!» me dit-il, avec la dignité et le panache d'un Cyrano. Je lui reniflai la truffe pour lui signifier mon regret, il frotta son museau contre mon encolure comme pour m'assurer de son amitié malgré notre divergence.

Ensemble, nous ferons d'autres frasques. L'amitié et l'aventure nous avaient appris à nous connaître : lui indépendant mais souvent affamé, moi bien nourri, mais griffé par la honte de sacrifier ma liberté à mon confort.

Les humains, eux aussi, sont bien différents les uns des autres.

Il y a les cravatés pressés qui pensent à ce qu'ils appellent leur avenir. D'autres s'intéressent à ce qu'ils déclarent être leur qualité de vie : ils font du sport, se rencontrent au bistrot, inventorient, comparent et commentent mérites et défauts de chacun. Côté femmes, certaines sont douces et dépendantes de leurs rêves, d'autres se veulent aussi indépendantes qu'entreprenantes, mais ont cessé de rêver. Les meilleures seraient celles qui réalisent les ambitions de leurs rêves pour autant que nous soyons les acteurs de leurs songes.

RENCONTRE

Un jour, j'ai vu un type tout seul, assis sur un banc, dans un square. J'ai pris note, du coin de l'œil, sans plus.

Avec le retour des beaux jours, je l'ai revu plusieurs fois en faisant ma tournée. Sur le même banc. Tout seul. Un peu chiffonné. Calme, les yeux baissés, un sac de toile à côté de lui. J'ai commencé par m'asseoir en lui faisant face, à quelques mètres, sous un marronnier, sans le regarder.

Quelques jours plus tard, alors que j'étais assis à la même place, il m'a aperçu. Il a eu l'air d'abord surpris, presque méfiant, avec des yeux pourtant très tranquilles. Il semblait étonné d'être assis là, sans rien faire, comme arrêté entre patience et impatience. Un peu comme moi quand j'attends que ma patronne me laisse sortir. Se pourrait-il qu'il subisse lui aussi un certain asservissement comme prix de son confort et de sa bonne conscience? Nous nous sommes observés, tous deux immobiles. Puis, sous son regard à la fois doux et peut-être triste, je me suis couché.

Pour lui montrer ma confiance, j'ai fermé les yeux, tout en gardant ma truffe en éveil.

Je me souviens d'avoir rouvert un œil, sentant une odeur de pain : le type effritait un bout de baguette pour une volée de moineaux qui me croyaient endormi. Ils n'avaient pas tort : en l'absence de tout intérêt pour ces volatiles, si craintifs qu'il est définitivement impossible de jouer avec eux, je me laissai aller à m'assoupir.

A mon réveil, le banc était vide. Je pressentis que ce banc allait faire partie de mon domaine, de mon circuit obligé. Alors je m'en approchai pour le marquer en levant la patte. Puis je rentrai. Je savais que c'était le moment parce que l'air était nettement plus frais sur ma truffe et que les ombres des marronniers s'étaient beaucoup allongées.

Le lendemain j'arrivai dans le square plus tôt que d'habitude. C'est que j'y pensais, au regard de ce type tout seul et mal rasé. Je l'avais senti un peu comme moi, enclavé dans ses obligations. Se pourrait-il qu'avec son air aussi calme que préoccupé il revienne sur le banc où il m'avait vu? De loin, ce banc me parut vide. Pourtant, il était là, mais allongé, et il dormait. Je m'assis.

Des enfants jouaient un peu plus loin, dans un bac à sable, sans faire trop de bruit. Sans non plus trop savoir que ce sable est le lieu d'aisance préféré des chats du quartier ! De tous ces faux frères indifférents et chafouins. De tous ces mauvais coucheurs, prétentieux et saintes nitouches, s'octroyant des airs de liberté alors qu'ils sont de toute évidence aussi dépendants que nous les chiens.

Le gars dormait d'une respiration calme et régulière, couché sur le côté, une main sous sa joue, l'autre dans la poche de son pantalon. Pas le moindre moineau. Seules les miettes les attirent, sans même qu'ils puissent savoir d'où elles viennent, vu que leur minuscule cervelle est entièrement vouée à la précision des mouvements de leur bec, à l'entretien de leur perpétuelle peur et, bien évidemment, aux problèmes de la navigation aérienne. Alors vous pensez, un type qui dort, ils sont bien incapables de le remarquer.

Moi pas. Et j'y vais d'un petit coup en levant la patte, pas par esprit de possession, mais juste pour marquer mon intérêt. Puis je me rassieds. Cette fois en osant me placer à une longueur de bras de sa tête qui dort.

Je regarde les enfants jouer. Dans la grande tache de lumière qui sépare l'ombre de notre marronnier de celle qui abrite le bac à sable, je vois passer quelques abeilles. L'air est doux, enfin débarrassé par le soleil du reliquat d'hiver qui avait fait perdurer la froidure des ombrages jusqu'à ces derniers jours.

Il a bougé, mais ses paupières restent closes. Probablement qu'il rêve. En tout cas c'est ce qu'on dit des chiens lorsqu'ils bougent en dormant.

D'autres enfants sont arrivés, plus grands, avec un ballon. Ils décident d'une cage de buts entre deux platanes, l'un d'eux s'y installe pour arrêter les tirs des deux autres.

Ce qui devait arriver ne se fait pas attendre : le gardien laisse passer un ballon qui vient percuter une poubelle vide, juste à côté du gars allongé sur le banc. Le vacarme le fait tressauter. Voyant qu'il se réveille, je me remets sur mes pattes, tourne le museau vers lui pour le regarder dans les yeux, sans bouger, en clignant des paupières, pour qu'il comprenne qu'il m'intéresse. Bien qu'il me trouve si près de lui à l'instant de son réveil, il n'a aucun mouvement de recul. Je vois dans son regard que son rêve s'estompe et l'abandonne. Il revient à la réalité : il me fixe, plus curieux que soucieux, le temps que la stridence d'une sirène d'ambulance se soit estompée. L'air déchiré reprend sa place dans le printemps et la rumeur de la circulation retrouve sa tonalité sur le boulevard.

Et là, je suis surpris. Mais j'ai heureusement la présence d'esprit de n'en rien laisser paraître. Tout en restant allongé, le type sort sa main de sa poche, déplie et étend lentement le bras et l'avant-bras. Il pose sa paume sur ma tête. Légèrement, doucement, pour me caresser. Je me rapproche pour qu'il ait moins à étendre son bras, pour qu'il ne se fatigue pas, pour qu'il continue à me caresser. Je n'ai jamais senti une caresse d'homme si calme et rassurante, si présente et généreuse. Je ferme les yeux. Il s'assied. Je me sens si bien que j'appuie mon museau sur sa cuisse. J'en arriverais à regretter de ne pas être capable de ronronner comme cette sale engeance de greffiers griffeurs.

Il se lève. Je le regarde partir.

Il se retourne, nos yeux s'alignent, nos regards se rencontrent, mais je ne le suis pas, il a sa vie et moi la mienne. En trottinant pour rentrer, je me demande pourtant si je ne me sentirais pas plus utile avec lui plutôt que d'être le chien d'une patronne qui a tant d'autres préoccupations avec, en plus, un Albert. A-t-elle autant besoin de son chien que moi j'ai d'attirance pour ce type?

RETOUR

Quémander m'insupporte. Je préfère me débrouiller tout seul, et je n'aboie qu'en cas d'absolue nécessité. Ainsi, lorsque j'arrive sous la marquise, devant la porte de l'immeuble de ma patronne, j'attends, en silence, que quelqu'un entre ou sorte pour pouvoir m'introduire sans importuner quiconque. J'aime être patient, même si je m'ennuie parfois un peu. Du reste, c'est souvent dans ce vague ennui que me viennent des idées. Je m'assieds ou m'allonge, et je regarde les passants, les pigeons. Les ombres bleues des platanes s'étirent encore sur le macadam. Je somnole, ma truffe toujours aux aguets.

Voici qu'arrive la voisine du dessous. Elle rentre de sa promenade, ou plus précisément de celle qu'elle fait faire à son chien ridicule : un petit clébard ébouriffé, genre pékinois, aussi inconsistant qu'arrogant et gueulard. Impossible pour lui de s'approcher de moi sans pousser une quinte d'aboiements qu'il espère effroyablement intimidants, alors qu'il tremble de tout son corps. La vieille dame aux cheveux blancs sait que je ne bougerai pas et que je m'abstiendrai de répondre aux provocations de ce cabotin. Tout comme ma patronne ne se laisse guère intimider par les rouspétances et les agitations d'Albert; elle se sait disposer de tout ce qu'il faut pour que ce pauvre garçon lui obéisse comme un toutou. A chacun ses servitudes! Ceux qui voient le fil à la patte de leur maître veulent ignorer le collier qu'ils ont autour du cou. Hommes ou chiens, il nous suffit pourtant de goutter à un brin de liberté – par exemple en faisant un tour du quartier – pour comprendre que nous-mêmes sommes notre propre cage. Si la plupart s'en accommodent, quelques-uns pourraient chercher, un beau jour, à s'en échapper.

La vieille dame me regarde avec douceur et reconnaissance. Je vois dans ses yeux un brin d'admiration et un zeste d'envie. C'est peut-être ce que Cartouche, mon copain des rues, aura lui aussi vu dans les miens lorsqu'il m'a déclaré trop tenir à sa liberté pour se laisser passer un collier... Je suis flatté de m'apercevoir que c'est en réalité un chien comme moi que cette bonne voisine aurait souhaité pour compagnon, et je sais que la seule raison pour laquelle elle s'est résolue à promener ce clebs miniature est qu'elle ne tient plus très bien sur ses jambes. Elle a ainsi la certitude de ne pas être renversée par une brusque traction de son cador sur sa laisse. Pas plus que par un léger courant d'air. Elle sait aussi, comme tous les locataires de l'immeuble, qu'en m'ouvrant la porte elle rend service à ma patronne. Elle appuie deux fois sur le bouton de l'interphone. C'est le code convenu pour annoncer mon arrivée et, lorsque j'atteins le palier du troisième étage, la porte est déjà entrouverte pour m'accueillir.

Ce soir ma patronne se montre aimable, pour ainsi dire affectueuse. Elle va jusqu'à prendre un peu de temps pour moi, me caresse, même sous le menton, et en me regardant dans les yeux. Elle a peut-être senti que cet après-midi je me suis fait un ami. Moi, je soutiens son regard en m'arrangeant pour laisser traîner dans le mien un reste de tristesse, juste de quoi me montrer attachant, sans pour autant laisser paraître ma dépendance. C'est rare qu'elle soit aussi avenante, qu'elle marque pour moi une pause dans sa perpétuelle agitation. Je la sens détendue. Voilà, c'est ça, détendue et touchante et belle et jeune et appétissante, comme ils disent. Albert a dû la réussir magnifiquement, l'amenant même jusqu'à la surprise. Merci Albert.

En définitive, nul n'est inutile dans ce monde.

LES HUMAINS

Il est évident que les humains ont une tête beaucoup plus grosse que la nôtre. Surtout si on compare en faisant abstraction de l'appendice nasal. C'est d'abord pour tenir l'équilibre sur deux pattes, pour voir les couleurs dans les expositions de peinture et pour bien entendre la voix et le langage des autres. Sans oublier la musique qu'ils vont écouter, après s'être bien habillés, dans des endroits où les chiens ne sont jamais admis. Avec plein de cerveau dans leur grosse tête, ils font des choses dont les quadrupèdes n'ont pas du tout idée, des choses très compliquées, souvent inutiles, voire dangereuses. Ils peuvent aussi se parler, et ils savent rire. Là, je suis d'avis qu'ils ont beaucoup de chance. Certains savent chanter. Aïe, très peu pour moi ! Il faut croire qu'en perdant l'odorat les humains ont aussi émoussé leur sensibilité auditive ! Ou bien que nous, les chiens, nous n'entendons pas les mêmes choses qu'eux.

Tous sont censés savoir lire et écrire, mais beaucoup ne profitent pas de ce privilège : ils préfèrent regarder la télévision, sans réaliser que leur vie s'enfuit alors à leur insu. Heureusement, d'autres aiment faire comme moi, le tour de leur quartier. Pour aller musarder plus loin, certains prennent le métro ou leur vélo, voire leur auto. S'ils ne savent pas s'orienter selon leur odorat, ils sont par contre très forts pour se repérer grâce aux noms de rues, aux plans, aux cartes. Certaines de ces cartes sont même automatiques, en couleur et parlent dans leur voiture. C'est avec ce système que ma patronne est arrivée pile-poil à destination la seule fois où elle est allée rendre visite à Albert, alité en raison d'une orchite. Elle m'avait pris avec elle pour se sentir rassurée dans ce quartier qu'elle ne connaissait pas. Le bonhomme n'en revenait pas, il était enchanté de cette visite et tout excité de recevoir Madame, si séduisante. A voir comment tournaient les choses, de minauderies en sous-entendus de plus en plus explicites, j'ai regardé ma patronne avec autorité, avec un air de reproche suffisamment clair pour lui signifier qu'il valait mieux se retirer avant de compliquer l'inflammation de ce pauvre Albert.

Bref, les hommes sont bourrés d'aptitudes, quel que soit par ailleurs le degré d'amabilité ou de compassion dont ils sont capables, et indépendamment de la méchanceté ou du mépris qu'ils savent si bien manifester à l'égard de leurs semblables.

Mais il y a plus : ces humains auxquels nous, les animaux domestiques, avons fait allégeance, parviennent non seulement à se souvenir du passé tout en vivant leur présent, mais peuvent même penser à après. Ils sont capables de réfléchir pour savoir ce qui demain dépendra d'aujourd'hui et comment hier influence le présent. Ils ont compris que chaque événement, à l'instar de leur vie elle-même, est marqué par un début et une fin. Il n'en a pas fallu plus pour que le temps débarque dans leur univers. Une complication qui les fait courir ou languir, sans jamais les laisser en paix. Un truc qui me concerne aussi, puisque je vis proche d'eux, chez eux, dans le découpage de leur temps. De quoi s'affoler quand, par une simple multiplication, l'humain s'aperçoit que pour l'entier de sa vie il dispose, si tout va très bien, d'environ trente mille jours seulement, et que, s'il s'en rend compte après cinquante ans, ce nombre tombe à guère plus de dix mille. Alors il suffit d'évoquer les innombrables jours pourris d'avance par mille obligations ou par la météo, par la mauvaise conscience, les regrets ou les remords, pour avoir peur à jamais de cette invention des hommes qui s'écoule à leur poignet et les incite à enterrer leurs morts dans des jardins.

Certes ils ont leurs bonheurs – il suffit d'observer ma patronne devant son miroir – et ils ont la chance de nous avoir auprès d'eux. Mais c'est vrai que tout est très compliqué pour eux. Alors voilà, toutes ces complications occupent tant leur cerveau qu'ils en ont perdu l'odorat.

Ceci dit, les hommes ont parfois des comportements qui ne sont pas bien différents des nôtres. Lorsqu'ils se sentent menacés, il arrive qu'au-delà des mots qu'ils savent pourtant utiliser, leur ton soit bel et bien celui d'un aboiement. Très fâchés ou trop effrayés, ils ne se contentent pas, comme nous, de faire du bruit et d'envoyer des coups de dents, au pire d'arracher un bout d'oreille pour faire fuir l'intrus ou imposer une distance à leur agresseur. Eux, ils se laissent aller à ce que nous, les soi-disant animaux, nous ne faisons jamais à ceux de notre race : ils tuent les leurs. Voilà qui est bien inquiétant pour leur espèce. Nous, protégés par nos réflexes de fuite ou d'inhibition, nous ne risquons pas de disparaître de cette façon. Eux oui. Ceci est d'autant plus préoccupant que les carences de leur jugement et les excès de leurs ambitions mettent leur survie en péril. Il y a là de quoi alarmer ceux qu'ils appellent leurs animaux de compagnie, ceux dont je fais partie, certes pour mon confort, mais aussi parce que je les aime.

Oui, je les apprécie et je les admire. C'est pour cela que j'ai pu accepter de dépendre d'eux, malgré leur fragilité. Mais il serait périlleux de perdre toutes mes capacités d'autonomie. C'est pourquoi je fais deux fois par jour le tour du quartier. Pour avoir ma propre vie, pour faire des rencontres. Selon les circonstances, je peux me conduire comme un chien sauvage et voleur ou comme un compagnon de l'homme, prêt à faire alliance avec lui, par exemple dans un square, sur un banc, sous un marronnier promis à sa floraison.

Bon, je voulais réfléchir au problème du temps et voilà que je me suis laissé distraire. La question du temps est trop difficile pour moi. Pour pouvoir en parler, il faudrait que je vive un peu avec cete idée. Que je prenne le temps de soupeser l'importance du passé et l'intérêt du futur. Mais, tout compte fait, je ne suis pas certain que ce soit une bonne chose d'y penser, car c'est, à n'en pas douter, une question pleine de conséquences angoissantes. Jusqu'ici je n'avais aucune raison d'être anxieux; je ne me préoccupais pas de cette interrogation sans tête qu'ils appellent l'avenir. A peine étais-je capable de comprendre lorsque ma patronne me promettait quelque chose pour « demain ». Par exemple, s'il arrivait qu'elle oublie de me préparer elle-même à manger et qu'elle me faisait bouffer une gamelle d'une nourriture mise en boîte depuis longtemps, je n'avais qu'une chose à comprendre : pour aujourd'hui je devais me contenter d'une pitance de secours. Même aujourd'hui n'avait pas grande signification pour moi, puisque je n'avais aucune raison de l'opposer à hier ou à demain. Maintenant, avec cette idée de temps, je découvre le passé, la mémoire, les souvenirs, les espoirs et les peurs qui vont avec, sans compter l'incertitude du futur et les tourments de l'angoisse. Et surtout, je comprends le pire : qui dit temps dit début, et qui dit début dit fin.

Là je baisse les oreilles et je me déconnecte de mon odorat, juste un instant, pour me concentrer. Si le commencement de ma vie ne m'a pas laissé de mauvais souvenirs, je me demande tout à coup quels espoirs pourra bien me laisser la fin.

Oh là ! C'est trop pour moi, trop pour aujourd'hui. Stop. Il est temps que j'abandonne ces pensées oiseuses – quitter ce vocabulaire de peur, revenir à celui des odeurs qui m'enchantent. L'averse est passée, ma patronne a ouvert toute grande la fenêtre : l'odeur de la terre mouillée s'enroule à celle, plus chaude, qui monte du bitume. Tiens, à voir cette ondée de printemps je me demande si l'eau n'est pas plus importante que le temps. Y a qu'à penser à l'expression qui remplace la notion du temps par celle de l'eau qui coule sous les ponts. Avec de l'eau on peut faire du temps ; sans cette évidence, pas de clepsydre ! Mais jamais le temps ne produira de l'eau, exception faite des larmes de ceux qui déplorent de le voir s'enfuir si inexorablement. Ce souci se serait-il installé entre mes deux oreilles ? Il faut que je me change les idées : pour cela, rien de mieux qu'un tour du quartier.

Il me suffit de poser le nez sur le bord de la fenêtre pour être compris. Je dévale l'escalier. La porte de l'immeuble est entrouverte, je me faufile.

Que je me sens bien, dehors, sur mes quatre pattes, libre de choisir mon chemin et de changer d'idée au gré de l'apparition, toujours attendue, d'une découverte de ma truffe !

LE TOUR DU QUARTIER

Dès que j'arrive sur le trottoir, je lève la truffe et, pour mieux écouter mon nez, je ferme un instant les yeux. C'est devenu une habitude, un rituel pour savoir dans quelle tonalité se déroulera ma promenade. Par exemple, s'il fait chaud et que l'air virevolte au-dessus du macadam, je sais que les odeurs seront plus développées, parfois à la limite du supportable. Certains peuvent aimer ça, comme d'autres se régalent de fromages très avancés. Sans aller jusqu'à rechercher des relents aussi envahissants, on peut les considérer comme un intéressant exercice de lecture olfactive, y voir l'intérêt que peut trouver un musicien à une partition particulièrement touffue. Les jours de canicule, avant le ramassage des poubelles, et après que les chiens du voisinage ont fait leur ronde, ça peut même devenir indéchiffrable. Comme si plusieurs orchestres symphoniques jouaient tous au même endroit. Dans une telle confusion, que pour distinguer un camembert d'une fourme d'Ambert, il faut s'abstraire le nez jusque dans d'extrêmes harmoniques.

Rien de tel aujourd'hui. L'averse a lavé l'ardoise. Elle a fait pratiquement page blanche. C'est un jour à reprendre mon marquage systématique. Même si le sol est encore humide.

La description de tous les endroits sur lesquels je lève la patte dans le quartier serait fastidieuse. En effet, l'intérêt n'y est en aucun cas visuel. Du point de vue du nez, si je puis me permettre cette expression, il s'agit d'une véritable conversation : une fois que j'ai identifié ceux qui m'ont précédé, j'enregistre leurs messages, je jauge leur humeur et la fluidité de leur discours, avant d'y mêler ma voix en levant la patte à mon tour. J'aime beaucoup être le premier, le matin, à pisser sur l'angle du kiosque du père Gilbert. J'ai l'impression de donner le ton, alors je pisse un peu plus longtemps. Bon, il faut être chien pour percevoir, apprécier la richesse, les nuances, les fantaisies de ces discussions, à mon sens beaucoup plus enthousiasmantes que les propos convenus, fades, voire fats et hypocrites des humains, chez leur coiffeur ou dans les vernissages. En outre, ce mode de communiquer offre un avantage considérable : aucun des participants ne risque de se faire couper la parole. Chacun y vient isolément et dépose sa contribution à tour de rôle dans une sorte de boîte à odeurs ouverte à tous, jour et nuit.

Je vous explique cela chemin faisant, en joignant la pratique à la description. Ma prochaine halte sera vouée à un pilier de granit à l'entrée du jardin municipal. J'en perçois déjà les effluves, qui se lisent particulièrement bien sur la dureté fermée de cette pierre. J'accélère un peu mon trottinement, truffe au ras du sol, queue mi-dressée. J'y suis. Identification, lecture : pas de doute, elle est passée par là. C'est tout frais et elle était seule. Je reconnais la chienne de race qui fertilise mes fantasmes et stimule mes ambitions. Elle ne peut pas être bien loin. Quel plaisir de lever la patte et d'envoyer mon jet! La marque de mon identité, mais surtout la déclaration de mon désir. Je passe d'un coup du train-train de la routine à l'excitation d'un possible événement toujours espéré, d'une embellie toujours attendue.

Vous l'aurez déjà remarqué, sinon regardez bien : tout chien qui lève la patte lève aussi un peu la tête. Et c'est là que, ce faisant, j'aperçois ce triste bouledogue borné et baveux que j'avais dû naguère dissuader d'oser prétendre à la chienne de toutes mes préférences. Il est en laisse et tire plus qu'un bœuf à la charrue, au point que son souffle siffle méchamment dans son gosier. A l'autre bout, le père Gilbert est arc-bouté pour retenir son monstre obstiné à vouloir se rincer les narines sur le montant de granit du portail que je m'empresse d'arroser d'une copieuse rasade. En guise de camouflage.

Disons-le d'emblée : il y a deux sortes de chiens domestiques. L'immense majorité – à laquelle je n'appartiens pas – réunit ceux qui ne peuvent pas s'empêcher de tirer sur leur laisse. Les autres ont réalisé que cette manie est peu efficace pour satisfaire les caprices de la curiosité canine. Ils ont compris que cette attitude revendicatrice est néfaste au compagnonnage avec leur maître. Pour ma part, j'ai décidé, une fois pour toutes, de ne jamais tirer sur ma laisse. Je m'astreins à la discipline de marcher strictement à côté de ma patronne, à son pas. S'il y a beaucoup de monde sur le trottoir, je marche même devant elle, pour lui faire de la place. Je me suis si bien fait comprendre par cette attitude que depuis longtemps il n'est plus question de laisse entre nous. La confiance s'est installée. Ainsi j'ai pu obtenir, en contrepartie, la liberté de faire à mon gré le tour du quartier. Quand je suis seul, je vis ma vie et quand je suis avec ma patronne, j'honore notre alliance.

Le temps de cette mise au point et ce couillon de bouledogue a été mis au pas : il n'a jamais pu s'approcher du portail, et s'est fait engueuler par le père Gilbert. Déjà loin sur l'avenue, je ne les distingue plus que difficilement, mais je suis certain qu'il a les oreilles basses ; sans parler de sa queue, puisqu'on la lui a coupée.

Elle est donc dans les parages. Plus précisément, elle a quitté l'avenue, car son odeur s'intensifie nettement dans le parc, malgré la température plus fraîche. Aucun doute, elle vient de passer par ici. A l'abri des gaz de voitures, dans cet environnement naturel, je la sens nettement mieux, et je n'ai aucune difficulté à suivre le ruban de son odeur, de cette exhalaison incomparablement excitante, de cette fragrance qui m'alourdit l'entrejambe, de ce fumet que je voudrais renifler à truffe touchante, avec son impatiente approbation. A mesure que j'avance, cette piste pénètre mon cerveau comme la bande perforée d'un orgue de barbarie et y génère une farandole d'images : son élégant port de tête et la liberté avec laquelle elle soulève sa queue, le temps qu'elle s'accorde pour renifler mon marquage, oreilles rabattues pour plus de concentration, l'éclat de ses yeux à chacune de nos rencontres, la franche fringale avec laquelle elle me propose sa croupe, la chaleur bénie dans laquelle elle m'y accueille et l'étroite profondeur où j'ai connu le vertige. Puis sa façon un brin indifférente de s'en aller avec un regard agrandi, pour me signifier qu'elle se sent bien remplie, et le rituel avec lequel nous nous reniflons une dernière fois avant de nous séparer, comme pour recueillir chacun le talisman qui nous garantit de futures rencontres.

Là où elle s'est arrêtée, j'identifie des émanations plus larges ou plus fortes, en particulier au voisinage des hortensias qui sont ses fleurs préférées.

Voilà, j'y suis ! Ici elle vient de pisser franchement. Et j'ai raté ça, moi qui adore la voir uriner et la renifler toute humide. Elle est repartie, à coup sûr vers la sortie, de l'autre côté du parc. J'y cours, certain qu'elle n'aura pas franchi le portail sans y apposer sa marque. Il s'agit en effet d'un comportement élémentaire en signalétique canine femelle ; elles souhaitent que nous puissions les retrouver sans difficulté, alors que nous, une fois notre arrière-train délesté, nous aurions tendance à leur brouiller les pistes. Du moins pour un temps.

Aucun doute, sa marque est là, indiscutable et récente, sur le pilier de droite, indiquant la direction qu'elle a prise. Je suis le filon. Elle a longé le pied du vieux mur qui borde le parc, mais subitement je perds sa trace. Ce n'est pourtant pas l'âcre et envahissante odeur du lierre tapissant ce mur qui me masque sa senteur ! Non, elle disparaît bel et bien. Voyons : en arrière c'est oui, car j'en viens, mais en avant, c'est non, puisque je n'y trouve rien. La logique étant ce qu'elle est, même pour les chiens, j'ai un mouvement qui m'écarte du mur. Et ça marche. Le mystère est, cette fois encore, soluble dans le raisonnement. La trace, toujours aussi nette, traverse le trottoir à angle droit. Il ne s'agit pas d'un caprice de promeneur pour une destination aléatoire, mais bien du choix d'un itinéraire lié à un but précis. Je franchis la contre-allée. En passant, une flaque de soleil me réchauffe le dos. La fraîcheur de l'ombre me reprend sur le trottoir d'en face. La trace sur l'asphalte y est inchangée, dense, précise, rectiligne. Néanmoins, sur la bordure de pierre elle s'interrompt définitivement. Ruban coupé. Silence olfactif.

Rien à gauche, rien à droite, et rien en avant, si ce n'est le flot bruyant et puant des voitures. Si j'étais un bipède, je dirais que les épaules m'en tombent, mais les miennes ont à soutenir mon train avant et ne peuvent donc pas s'offrir cette expression. Je suis désemparé et frustré. C'est à n'y rien comprendre. Ce filon, si charmeur, si explicite et combien prometteur disparaît là, au bord du trottoir, comme coupé aux ciseaux ou interrompu par un cours d'eau.

De dépit je lève la patte sur le poteau qui se trouve à ma droite. Très brièvement, car deux chaussures noires et brillantes viennent se placer au pied du poteau et s'y maintiennent immobiles. Je lève le nez, leur propriétaire manœuvre un distributeur de billets des transports publics !

La trace de ma chienne préférée m'a donc conduit à un abribus. La conclusion s'impose : elle est montée dans un bus. Je la savais indépendante et entreprenante, mais jamais, au grand jamais, je n'aurais imaginé qu'elle puisse s'embarquer dans un bus, se déplacer comme les humains, faire un voyage toute seule. Car mon flair est formel : elle n'était ni en laisse, ni même avec son maître.

Nous ne nous sommes donc pas rencontrés aujourd'hui. Je me sens inconfortable de l'arrière-train et surtout déçu. Je l'avoue. Pourtant c'est sans aucune amertume, mais plutôt avec fierté que je constate qu'elle est venue jusque dans mon quartier, et qui plus est dans mon circuit. Elle aura été contrainte par le temps, ou par quelque autre obligation imposée par ses maîtres, de repartir contre sa volonté, aussi frustrée que moi, c'est certain. Il n'empêche qu'elle me fait comprendre ainsi quelque chose que je n'avais pas du tout envisagé : un chien peut se déplacer seul en bus. Elle me dit «si je peux le faire, pourquoi pas toi?» Mon amour-propre frétille au rythme de ma queue. En m'incluant dans son itinéraire, en m'indiquant qu'elle prend le bus, elle se montre désireuse de favoriser nos rencontres...

Sur le chemin du retour, je suis pensif. Les projets que je nourris, comme ils disent, m'amènent une ribambelle de questions. D'où viennent ces bus ? Où vont-ils, au-delà du bout de l'avenue où je les vois disparaître? Après le temps, voici un autre mystère qui débarque dans ma vie. Le monde déborderait donc hors de mon quartier! Et les bus seraient autant d'ouvre-mondes? Un truc comme les rêves qui m'emmènent parfois hors de moi? Pour rêver, il suffit de dormir, mais comment faire pour me glisser dans un bus? Pas si simple... Pire, dans quoi met les pattes un chien qui franchit la barrière des espèces en prenant le bus des humains? Les réponses à ces questions en posent tant d'autres que finalement je me sens précipité vers l'inconnu. Comme les bus au bout de la rue. Alors ma curiosité prend le relais, bouscule et submerge mon ignorance : demain j'irai flairer et observer ce trafic de plus près. Pour me préparer. Car c'est décidé. Pour moi l'aventure commence au bord du trottoir, au moment où l'une de ces réponses à roulettes s'arrête et ouvre ses portes.

RÊVE D'ESCAPADE

Un mélange de reconnaissance et d'excitation, assaisonné des possibles frissons de l'aventure, incita l'alchimie de mon cerveau à produire un de ces songes capables d'échapper à l'aveuglement du réveil. J'y pense encore et j'en suis apaisé, tant ce rêve me dégagea de toute contrainte et me donna l'avant-goût d'une vie plus fluide, plus grande, plus ouverte.

Le premier souvenir qui m'en reste est celui d'avoir longtemps roulé sur une grande route grise et rectiligne, par un matin également gris.

Ce jour-là, ma patronne m'avait pris avec elle ; l'escapade risquait de se prolonger au-delà d'une journée. Elle portait un pantalon gris clair, une veste violine et de fines sandalettes noires. Très élégante, mais un peu femme d'affaires et toujours trop parfumée à mon goût. Albert était au volant : col blanc, costume gris foncé et cravate malheureusement de son choix. Tous deux avaient l'air d'établir un plan, mentionnaient des chiffres, faisaient des suppositions, évoquaient les possibles réactions de je ne sais qui, parlaient de risques, d'opportunité, de créneaux éventuellement favorables et de chance. Tout ça collait avec leur habillement, comme le gris va à la pluie. Ils se préparaient à une négociation dans laquelle ils espéraient vendre ou acheter quelque chose.

Installé sur le siège arrière de ce cocon roulant et ronronnant, je somnolais pour patienter.

Je fus réveillé lorsque la voiture s'arrêta sur une aire de repos. Albert sortit, s'étira, et s'en alla vers une sorte de cabane octogonale dont il revint peu après avec les mains mouillées. Ma patronne, qu'Albert appelle Chérie, vint ouvrir la portière de mon côté, avant de se diriger elle aussi vers l'édicule où elle pénétra par une porte différente de celle qu'avait empruntée Albert. J'en profitai pour me dégourdir les pattes et vider ma vessie d'un trait, car, dans ce lieu de passage, je n'avais aucune raison de laisser des messages perso ou spécifiques. Je pissai donc dans l'anonymat.

La voiture roula encore longtemps. Ce fut longtemps ennuyeux. Cependant, je me sentais en sécurité et je me délassais de ne pas être concerné, de pouvoir profiter d'une indifférence si reposante que je m'endormis à nouveau.

Le crissement des pneus sur du gravier interrompit mon sommeil. La voiture s'immobilisa dans la cour de réception d'une belle maison, genre relais-château de campagne. Un larbin en gants blancs s'empressa d'ouvrir côté Chérie. Albert coupa le moteur et exprima à la fois la constatation et la question qui lui paraissaient les mieux appropriées :

– Oh là là, que j'ai faim ! Chérie, que fait-on du clébard ?

– Mais voyons Albert, répliqua cette Chérie, d'un ton un peu mutin en me gratifiant d'un coup d'œil complice ; mon chien va bien entendu venir avec nous, et puis, même s'il n'a pas conduit, il a peut-être faim lui aussi.

A peine hors de la voiture, je m'étirai et m'ébrouai comme il se doit pour un chien engourdi. Le temps était toujours aussi gris, voire gris plus foncé. Pas du tout froid, non, mais si près de la pluie que j'avais l'impression qu'il aurait suffi que j'aboie un coup – ou qu'Albert pousse un pet comme il s'autorise à le faire quand il se croit seul – pour qu'il se mette à tomber une de ces petites pluies fines qui peuvent persister durant plusieurs jours sans même un coup de tonnerre.

Perron de granit bouchardé, lourde porte de chêne ciré s'ouvrant automatiquement, vestibule de marbre très lisse et moquette dans la salle à manger. Vastes baies vitrées, pelouse et grands arbres. Calme apprêté, luxe affiché et, pour les convives, espoirs de quelques voluptés gastronomiques.

J'attendis, comme il se doit, que ma patronne soit assise. Elle me fit comprendre que je pouvais rester si je me couchais, si je me faisais le plus discret possible, si je ne gênais pas le service, si je restais de faïence au cas où un autre chien viendrait à se présenter, et surtout si je ne manifestais aucune impatience, même au passage d'odeurs susceptibles d'agacer ma concupiscence et d'affoler mon appétit. Il est important que ma patronne soit fière de moi. Il était donc primordial que je me tienne coi et immobile, malgré l'ennui qui marquait cette journée d'une pierre grise. Oreilles tombantes, paupières en circonflexes, j'acceptai de subir, de céder, d'agréer, d'attendre, d'admettre, d'obtempérer, de consentir, de surseoir à toute velléité, de poireauter, de supporter, de me discipliner et même de me résigner sans réserve. Bref, de tolérer tout ce qu'il fallait pour qu'on ne puisse en aucun cas prétendre que le chien n'y avait pas mis du sien.

Dans ma position, je voyais essentiellement des jambes et des pieds. L'humanité vue d'en bas, dans la pénombre, sous les volants des nappes. Sur la moquette, pas même trace d'une punaise avec laquelle j'aurais pu jouer et passer un peu le temps.

Dès qu'il eut noté les choix de Chérie – déjà inutilement discutés et contestés par Albert – le maître d'hôtel, jusque-ici d'une cordialité enjouée, à la limite de l'obséquiosité, prit un ton débonnaire pour s'enquérir de ce qu'il pouvait faire pour le chien. D'un bref conciliabule, il ressortit que j'allais être ravi de manger dans la cour. Sur un signe de Chérie je me retrouvai sur le gravier, devant une écuelle dans laquelle Dieu sait quelle sorte de cabot avait bien pu manger avant moi. Immédiatement, je me reprochai de m'être laissé aller à cette défiance, que rien ne justifiait en dehors d'une certaine timidité et de l'évident malaise que j'avais à subir ce jour-là. Je fis donc in petto amende honorable, en rendant hommage à tous les chiens qui avaient connu avant moi cette gamelle de fortune, et parmi lesquels il y avait à coup sûr quelques spécimens que j'aurais reniflés avec intérêt.

La pitance était correcte, sans plus. Très standard, ni décongelée, ni extraite d'une boîte de conserve. Faite maison, à coup sûr, mais sans un bel os, qui doit pourtant être monnaie courante dans ce genre de restaurants, et qui m'aurait aidé à patienter. Je l'avais senti en arrivant ici: la direction de ce manoir de charme ne se met pas à la place des chiens de ses clients. Des chiens pas bienvenus, tolérés uniquement pour des raisons commerciales. Et moi, lorsque je ne suis que toléré comme un mal pour un bien, je deviens morose. Surtout lorsque je me mets moi-même entre parenthèses pour ne déranger personne.

J'en étais là de ma rumination lorsque le maître d'hôtel fit une nouvelle apparition, un bol à la main et, dans les jambes, manquant de le faire trébucher, un caniche frénétiquement affamé. Un caniche de taille moyenne, d'une couleur cognac indécise, taillé comme un buis de jardin. Il était hors de question de l'interpeller, encore moins d'aller l'aborder tant qu'il n'avait pas nettoyé sa gamelle. Il ne pleuvait toujours pas. Aucun bruit à part le raclement de la tôle que la gloutonnerie de ce clebs, pourtant toiletté et manucuré, poussait sur le gravier. Je patientais, quand, derrière moi, de luxuriants massifs d'hortensias me firent le coup de la madeleine. C'est magique ce truc-là: dans la grisaille, très loin de mon quartier, par un jour sans os, je retrouvai instantanément les senteurs déposées au pied des hortensias du parc municipal par la chienne de mes rêves.

Question madeleine, ce n'étaient même pas des profiteroles naines, mais une banale paire de boutons de manchette que cet énergumène de caniche jugea bienséant de venir me mettre sous le nez en levant la patte pour me livrer sa carte de visite. Je sentis instantanément que cet amateur de toilettage, bien que carrossé mâle, était un inverti, farci comme une olive. Je le regardai avec le même niveau de concupiscence que celui que m'inspire généralement une salade mêlée.

Arrivé là dans mon souvenir, le rêve s'estompe dans de gris lambeaux d'ennui, dans des flaques d'impatience de plus en plus difficiles à maîtriser.

Nous avions repris la route pour une ville inconnue. Là, laissé seul plus de trois heures dans la voiture fermée avec une fenêtre chichement entrouverte, je touchai le fond.

Tout au bout de l'après-midi, ils revinrent enfin, accompagnés d'un gros bedonnant et jovial, probablement à l'idée d'aller s'empiffrer en profitant de ce qu'ils appellent un dîner d'affaires. Et rebelote pour un restaurant aux menus sans fin, cette fois en pleine ville.

La nuit s'était installée lorsqu'arriva enfin le moment où, dans ce rêve, tout bascula. L'instant où s'est présentée une opportunité dont le souvenir me donne ce matin les ailes de la bonne humeur. Eux, ils avaient terminé leur repas ; sans être gris, ils trimbalaient une satisfaction euphorique, vraisemblablement due à l'issue satisfaisante de leur transaction, et, pour le reste, à l'excellence du manger et du boire auxquels ils s'étaient livrés aux dépens de ma patience. Moi, je n'en pouvais plus d'attendre, de m'ankyloser, de me sermonner pour tenir la promesse que je m'étais faite. Je me persuadais sans cesse qu'ils n'en auraient plus pour longtemps, mais je me sentais en cage, frustré. Et bientôt triste. Lorsque la portière s'ouvrit, j'eus l'impression que ce n'était ni pour me saluer, ni pour me remercier comme je le méritais, mais juste par précaution, compte tenu du remplissage de ma vessie.

Patte levée, je saluai un réverbère avant de rejoindre les autres pour reprendre la voiture. Albert était au volant et Chérie à côté de lui. Le moteur tournait déjà et le gros assis à l'arrière expliquait à Albert où il souhaitait être déposé. J'allais sauter moi aussi sur mon siège, et c'est là, précisément avant la détente de mes pattes arrière, que mon rêve me fit son cadeau.

Je ne sautai pas.

Je décidai de ne pas y aller, de m'échapper, de sortir du carcan qui m'avait étouffé tout au long de cette journée de plate et terne obéissance. Le gros me regarda sans me voir, semble-t-il sans me reconnaître, sans se souvenir de m'avoir déjà aperçu, tant j'avais été discret. Il referma la porte, ce qui aura signifié pour Albert, toujours pressé, et pour Chérie, certainement fatiguée, que chacun, moi compris, avait pris place. La voiture recula puis sortit de la file de stationnement et accéléra. Elle disparut au coin de la rue qui l'avala avec le bruit du moteur.

Un vent doux s'était levé, amenant des odeurs de plus loin. Les nuages s'étaient dissociés, prêts à jouer dans une nuit de pleine lune. Manière de faire le point, je fis un tour sur moi-même : une très étroite et longue venelle s'insinuait entre les vitrines de deux boutiques, l'une de dessous féminins, l'autre de livres anciens.

C'est là que la liberté me happa. Je trottinais dans cette longue ruelle qui aurait à peine permis à deux bipèdes de se croiser : je me sentais allégé, simplifié, libéré du poids des obligations sociales des hommes, exempté de mon perpétuel souci d'obéissance.

Une soyeuse lueur de lune indiquait la fin du coupe-gorge. Je débouchai sur un quai désert longeant un grand fleuve. Sous mes pattes j'appréciais le grain de grandes dalles de pierre disposées à joints vifs. A part quelques bites d'amarrages en fonte noire, aucun mur ne bordait ce quai, aucun parapet, pas la moindre barrière. Il s'arrêtait aussi abruptement que le bord du trottoir de l'abribus, là où la chienne de toutes mes préférences avait déposé pour moi son invitation au voyage. Je voyais le courant devant mes pattes et je sentais passer le flot des odeurs que charriait le fleuve. Beaucoup m'étaient inconnues et je n'avais jamais vu tant d'eau. En face s'étendait un front de grands arbres dont les branches basses allaient, par endroits, jusqu'à embrasser le courant et dont les hautes frondaisons se balançaient dans le ciel. Grâce au clair de lune, je pouvais voir en amont que le fleuve envoyait un bras derrière les arbres. Ceux-ci se trouvaient, par conséquent, sur une île allongée, dont l'autre extrémité devait se situer en aval, après la courbure du cours d'eau. Au fond, sur l'autre rive, je distinguais des immeubles éclairés. Quelques péniches étaient amarrées, immobiles et désertes. Même l'eau respectait le silence, en s'écoulant de façon compacte et puissamment lente. Sur ma gauche une rampe d'escalier menait à un pont de bois. Je pouvais donc aller sur une île, pour la première fois de ma vie.

Pour la première fois de ma vie, je rêvais que j'allais passer la nuit dehors avec le parfum de la liberté dans ma truffe. La légère appréhension qui m'accompagna lors de ma traversée au-dessus des eaux m'abandonna dès que je pris pattes sur l'île. J'y trouvai une sorte de jardin public avec des chemins de sable, des bancs vert foncé et même des hortensias. Je me lançai dans l'allée centrale. Je voulais voir l'extrémité de l'île; la pisse du bon peuple canin pouvait bien attendre un peu, le temps de déguster mon enthousiasme à peine nouveau-né d'explorateur en herbe.

Personne. De loin je discernai un hérisson solitaire qui disparut prestement dans un fourré. Les rôdeurs et autres renifleurs étaient rentrés depuis longtemps dans leur panier domestique. En ces heures avancées, la nuit n'appartient qu'à elle-même, avant de céder pour faire place à l'aube.

A la pointe de l'île, le fleuve réunissait ses deux bras et se montrait dans toute sa largeur. J'imaginais que je me tenais à la proue d'un vaste radeau verdoyant qui descendait le fleuve, et qu'au lever du jour j'allais découvrir, sur ses rives, une forêt tropicale avec ses fauves venus se désaltérer avant que les singes et les perroquets ne se réveillent. Dans mon souvenir, le songe s'immobilisa longtemps sur cette vision. Une sorte d'arrêt sur image de ma félicité .

Mais la liberté, pas plus que le bonheur, n'empêche guère le temps de s'écouler: l'aube progressa jusqu'à révéler le vol de grands oiseaux noirs dans les brumes stagnant au-dessus du fleuve. Simultanément, elle dessina le contour des feuillages bientôt remplis du pépiement des moineaux. Le chant du merle appelait l'aurore à venir relayer l'aube pour faire apparaître le soleil et ses filles, les couleurs.

Une brève stridence me fit ouvrir un œil : un coin de ciel bleu. Dans un demi-sommeil encore mêlé à mon rêve, j'identifiai bientôt le bruit de la clé dans la serrure de la porte d'entrée.

L'île a disparu et moi, comme un bourgeois, je suis bel et bien sur ma couche, réveillé comme chaque matin par l'arrivée de Concepción. Ma patronne, qui a entièrement confiance en elle, n'a pas hésité à lui confier la clé de l'appartement, la clé des grasses matinées de Chérie. Le coup de sonnette, c'est simplement pour avertir qu'elle arrive, au cas où Albert, par exemple, aurait l'idée de traverser l'appartement sans pyjama. Ma patronne a raison : il est indéniable que Concepción est totalement honnête. Je le sais, car je vois tout, sans qu'on prenne garde à moi, qui ne suis qu'un simple chien, ne l'oublions pas. En plus d'être honnête, Concepción est très mignonne, brune, fraîche, sentant propre, souriante, travailleuse et alerte. Moi qui suis souvent couché, l'air de dormir, je peux vous dire qu'elle a de très jolies jambes, avec tout ce qu'il y a de plus attrayant au-dessus. Et avec ça elle est intelligente, elle me fait toujours sortir dès qu'elle arrive. Je vais renifler l'air du jour, lever la patte, puis je remonte pour faire le point, assis sur le tapis-brosse de l'entrée. Ensuite je me réjouis du moment où ma patronne que j'aime viendra prendre son petit déjeuner.

PETIT DÉJEUNER

On dit de la joie qu'elle est sans mélange. Pourtant la mienne est d'autant plus vaste que ses ingrédients se renforcent mutuellement. Hier, la chienne que je préfère m'a astucieusement amené à comprendre que je pourrais voyager en bus. Cette révélation m'a fait une forte impression, allumant en moi un enthousiasme qui n'est certes pas étranger aux péripéties de mon rêve de cette nuit. Ce rêve m'a donné le goût de l'ineffable bonheur qu'il peut y avoir à dire non, à faire valoir son non-vouloir et, pour une fois, à se donner la préférence à soi-même. Je m'en sens allégé, porté par les ailes du possible vers de nouvelles espérances, fier d'avoir su décrypter le message de la trace interrompue de cette chienne dont le désir m'ouvre les chemins de la découverte, et conforté dans le sentiment d'avoir devant moi une vie passionnante. Une vie nouvelle, avec des images comme celles de l'île dans mon rêve, mais réelles et bien plus nombreuses au bout de chaque ligne de bus. A moi les joies de l'exploration ! A moins que l'inconnu soit plein de monstres et de peurs, pour me punir de ma curiosité et me rendre la vie impossible... Tiens donc, se pourrait-il que certaines tristesses des humains viennent de ce qu'ils ont voulu en savoir trop ? Y a-t-il un moment, pour nous comme pour eux, où le plus devient trop? Bof, moi, je ne suis qu'un chien, il est difficile que je mette à la fois les quatre pattes dans le plat. Et qui donc pourrait me châtier d'avoir voulu en savoir davantage? Mon cerveau n'a-t-il pas été fabriqué, à mon insu, avec sa curiosité ?

Mon quart d'heure de cogitation matinale va bientôt prendre fin, j'entends les bruissements et autres glouglous de la salle de bains.

Un moineau – c'est toujours le même, avec son air effronté mais charmeur – vient se poser sur le bord de la fenêtre de la cuisine. Quel culot ! Ne trouvant pas les miettes qu'il reçoit rituellement à la fin du petit déjeuner, il donne du bec contre la vitre! Il réclame ce qu'il ne fait en vérité que voler, sans offrir la contrepartie que concèdent les animaux de compagnie. Allez essayer de le caresser ou de lui demander d'ouvrir une aile comme moi je donne la patte! A part réclamer, ça ne pense à rien, ces becs à miettes. Gai et libre comme un pinson, il s'envole. Mais il reviendra.

La voici.

Je la regarde, pour lui dire bonjour. Elle salue Concepción, s'assied pour prendre son petit-déjeuner.

Je me place à côté de sa chaise. J'aime sentir sa main se poser sur mon crâne pour me caresser. Si je trouve son geste trop automatique, j'ai un truc infaillible pour la sortir de sa distraction : je pousse dans le creux de sa main. Je veux qu'elle sente que ses caresses me plaisent ; ça marche, elle m'adresse quelques compliments aimables, je fais le geste du chien qui donne la patte. Ce signal déclenche toujours chez elle l'idée de me caresser le poitrail. Et moi j'adore ça.

Arrive alors le temps bruyant des appareils : presse-agrumes, moulin à céréales, radio et machine à café mêlant son arôme à l'odeur du pain qui saute hors du toaster.

Chérie porte une robe de chambre de coton blanc, façon et dessins japonais, serrée d'un ruban à la taille. Ses cheveux blonds sont ramenés en un opulent chignon qui dégage ses joues, ses jolies oreilles et sa nuque tendrement fine. Elle sourit, probablement en raison des paroles de la chanson qui sort en ce moment de la radio. Je suis heureux chaque fois qu'elle sourit. La voir de bonne humeur me rassure, estompe ma dépendance. Sans compter que j'ai d'autres raisons d'exister par moi-même quand je pense à la liberté parfumant le bus que je vais prendre. Mon « je » s'affranchit, je m'enhardis, j'ai un avenir hors de mon quartier, la chienne de mon choix m'a mis sur sa trace. Et puis il y a ce type, celui du banc, qui voit les choses un peu comme moi.

Je trouve ma patronne très belle, très jeune ce matin, fraîche de la salle de bains, et – privilège du petit déjeuner – ne sentant que le savon. Elle ne s'asperge de son satané parfum qu'à son passage suivant à la salle de bains, avant de s'habiller.

Chérie aime les toasts bien grillés, mais parfois la croûte du pain en devient trop dure pour elle. Bien entendu pas pour moi : elle sait le peu de résistance que m'opposent les os qu'elle me ramène de la boucherie. En dehors du goût, ce que j'apprécie en les croquant et en les mastiquant c'est ce craquement. Avec la croûte du pain toasté, c'est cette bruyante trépidation que je retrouve sous ma dent. Si je m'accommode de la confiture et même du miel – que tout ce sucre est écœurant ! – c'est que je tiens à nos petits déjeuners, à ces moments où j'ai une importance pour elle. Je lui tiens compagnie. D'entre ses doigts délicats, je mets un point d'honneur à saisir le plus discrètement possible les morceaux de toast qu'elle me destine.

Il me semble que le petit déjeuner s'attarde ce matin. C'est un signe de bonheur, cette sensation de matin qui se prolonge longtemps dans la journée. Chérie est détendue, elle tourne calmement les pages de son journal, sans l'agitation qui parfois l'empêche de lire autre chose que les gros titres. Elle arrange dans un nouveau vase les fleurs qu'elle a reçues hier soir, puis se pelotonne sur son siège en lâchant ses mules et en ramenant ses pieds sous ses cuisses. Elle ne le sait pas, c'est certain, mais moi je raffole de ses pieds. Surtout du rose de leur plante que je ne vois jamais en dehors de cette intime circonstance matinale. Si j'avais des mains, j'adorerais lui masser les pieds. Malheureusement, même délicatement, ma patte, avec ses coussinets qui laissent pourtant de si jolies traces dans la neige, ne fait pas l'affaire, à cause des ongles. Ma langue la chatouillerait beaucoup trop. Alors je m'avance et pose mon museau sur son genou pour que ce soit elle qui me caresse. Je ferme les yeux.

Quand elle se sent bien, ma patronne prend le temps de faire quelque chose pour elle. Ce matin j'ai droit à la cérémonie du vernis à ongles. Je ne trouve aucun charme à cette odeur, mais j'aime beaucoup la couleur et le brillant de ces pétales rouges qu'elle s'applique à placer sur ses ongles des pieds, puis des mains. Le temps que ça sèche et le téléphone sonne. Fin du petit déjeuner. Le charme est suspendu, notre bulle explose. J'ai beau en être jaloux, je ne peux rien contre la magie de cet appareil qui amène la voix et le langage des mots.

LANGAGE CANIN

Concepción débarrasse la table du petit déjeuner et dépose les miettes sur le rebord de la fenêtre. Le moineau revient. Par son opiniâtreté, il est parvenu à insérer, à son avantage, un stéréotype répétitif dans les gestes de Concepción. Il m'a sans doute observé. Chapeau l'oiseau. Et merci, car Concepción fait toujours suivre le geste des miettes par celui du remplissage de mon écuelle d'eau. Boire est doublement essentiel pour moi ; d'abord pour étancher ma soif, mais tout autant pour avoir de quoi m'exprimer en levant la patte.

Ensuite je demande à Concepción de me laisser sortir. C'est très facile à dire, j'ai pour cela plusieurs expressions. Par exemple, je souffle un peu bruyamment au bas de la porte d'entrée. Mais si elle n'est pas à côté de moi elle ne m'entend pas. Le problème est du même ordre si je fais ma demande en posant mon museau sur le bord de la fenêtre, une fois le moineau parti en emportant la dernière miette. Le plus efficace est d'aller chercher Concepción là où elle se trouve et de pousser le sommet de mon crâne contre ses jolis mollets élastiques. Je m'y colle sans tarder, car quelque chose me dit que le moment est imminent où cette fille, à laquelle je n'ai pourtant rien fait de désagréable, va me torturer en tirant derrière elle cette machine hurleuse avec son tuyau qu'elle frotte par terre.

Avec les humains, je parle principalement par gestes, jamais je n'aboie pour demander quoi que ce soit. Je m'exprime aussi avec les yeux, mais c'est bien restreint par rapport à tout ce que je pourrais leur faire comprendre si ce qu'ils appellent l'Évolution ne leur avait infligé une atrophie pour ainsi dire complète de la perception et de la mémoire olfactives. Attitudes, regards et postures d'une ou des deux pattes avant, orientation de la tête, des oreilles ou des sourcils, positionnement et mouvements de la queue, écartement des pattes arrière, degré de cambrure du dos, si nécessaire un petit jappement, exceptionnellement un bref aboiement, encore plus rarement des babines retroussées, des grondements et les poils de l'échine dressés : voilà pour les humains et leur surdité nasale.

Entre chiens, entre quadrupèdes normalement équipés au niveau de la truffe, il en est tout autrement. En plus de cette gestuelle, indéniablement plus riche et plus complexe lorsque nous nous adressons à nos congénères, nous sommes capables d'émettre de véritables idéogrammes urinaires. Ceux-ci sont composés de molécules odorantes sécrétées, le long de notre urètre, par huit glandes spécifiques placées sous le contrôle et la régulation fine de notre système nerveux. Un peu comme les cellules à pigments des caméléons ou des poulpes. Le truc est que l'émission de ces substances par leurs glandes respectives est pratiquement instantanée. Ceci permet de faire se succéder des signaux olfactifs distincts, qui peuvent en outre être associés et créer de nouvelles combinaisons.

Combien de combinaisons?

La question est d'importance. C'est pourquoi j'ai décidé d'y réfléchir personnellement. Il se trouve en effet que je ne fais pas que dormir, réclamer ma pitance et me balader en reniflant. Je ne suis pas de ces chiens pour lesquels tout ce qui ne peut ni se manger ni se niquer n'est bon qu'à être arrosé d'un jet de mépris. Non. Je m'astreins à la réflexion. Souvent. Et j'aime ça.

Le chien qui réfléchit est un chien tranquille. C'est ce qui fait croire aux humains que nous sommes patients. Ces gens-là pensent qu'étant incapables de réfléchir nous ne pouvons qu'être patients, en quelque sorte par défaut. De même que dans les trous du fromage il n'y a pas de fromage mais seulement l'odeur du fromage, par défaut. Seuls ceux qui savent nous observer, parce qu'ils nous aiment, savent reconnaître que, tout patients que nous sommes, la réflexion et les sentiments, ne nous sont pas étrangers.

Alors voilà : pour X glandes produisant chacune une substance odorante distincte, le nombre N de combinaisons est donné par la formule $N = X^2 - (X - 2)$. Pour X = 8, soit pour huit glandes, ça donne les cinquante-huit mots du chien lambda. Les plus doués parmi nous peuvent arriver à quatre-vingt-douze mots assemblés par les substances produites par dix glandes. Il y a aussi quelques mutants, comme les chiens du Sud de la France, paraît-il, qui sont munis d'une glande supplémentaire et très développée. Ils s'en servent pour instiller dans leurs propos une expression idiomatique si fréquemment utilisée qu'elle prend l'importance d'une ponctuation anodine, malgré sa signification vulgaire et méprisante. Heureusement, il n'existe parmi nous aucun ecclésiastique. Aucun de ces aveugles assez illuminés pour prétendre nous faire croire que les voies du Seigneur les ont dotés d'un nombre plus important de glandes que le commun des mortels et pour s'en servir dans le but de nous faire comprendre combien nous sommes coupables avant de nous transmettre leur message rédempteur.

La gent canine se satisfait pleinement de cette petite soixantaine d'idéogrammes, bien suffisante pour la communication courante. Nous ne contestons pas du tout que les humains aient fait infiniment mieux que nous dans ce domaine. Il suffit de penser à la multitude des possibilités offertes par les vingt-six lettres d'un alphabet. Et ceci d'autant que ces lettres peuvent être répétées dans le même mot et combinées dans n'importe quel sens, avec en plus des espaces. Affolant! Au point que je me demande si au lieu d'être au carré, comme pour nous, l'exposant dont résulte le nombre N des possibilités d'un tel système de X lettres ne serait pas X^x, soit 26^{26}, avec ensuite, bien entendu, la possibilité, parmi toutes ces combinaisons, de choisir celles qui sonnent le mieux, selon les latitudes, les climats et les peuples, pour habiller, au gré des us et coutumes locaux, tous les concepts qui ont germé dans l'esprit des humains.

Non, je ne conteste en rien la supériorité des compétences humaines, pas plus que je ne me prononce sur l'usage qu'ils en font. En me mettant sous la protection des hommes, je reconnais leur préséance et je cherche à en profiter au mieux, loyalement et en me rendant agréable. En faisant remarquer que les chiens ont eux aussi des moyens de communication structurés, je réalise qu'il y a un peu de l'humain dans le chien. Ça me rassure, car j'avais déjà observé qu'il y a pas mal de chien chez l'humain.

Il est temps de passer à la pratique : je dévale l'escalier, juste au moment où l'étudiante du rez-de-chaussée sort de l'immeuble. Elle me sourit en me tenant la porte: je la suis.

REPÉRAGE

Elle a les cheveux noirs, très courts. Elle marche rapidement. Elle laisse derrière elle une traînée de parfum sucré, comme le nuage filandreux d'une barbe à papa. Elle est, comme toujours, vêtue de noir, en pantalon, chaussée de baskets roses. Elle n'a qu'un petit sac de toile, pas de cartable. Elle ondule sur le trottoir, au rythme de sa marche, comme le pinceau d'un calligraphe chinois. Elle ne sait pas que je la suis.

D'accord, je ne connais rien de la Chine. Je n'y suis jamais allé, ne serait-ce qu'en raison de son penchant culinaire pour les spécialités canines. «Pour le chien, pas de niche en Chine» diraient les accros de l'anagramme. Chérie n'a aucun ami chinois. Quant à Albert, avec ses yeux globuleux, son regard de cheval et son incapacité à planter un clou, il est aussi éloigné d'un calligraphe chinois que moi d'un aquarelliste. Pourtant j'ai vu les mouvements d'un Chinois, vieux, sec et digne, utilisant un pinceau noir aussi élégamment que cette fille use de son corps pour marcher. J'ai vu aussi le morceau d'encre de Chine qu'il faut frotter dans un peu d'eau au fond d'une soucoupe pour produire le beau noir que le pinceau pose en dansant sur le papier. J'ai vu tout cela à la télévision. Parce qu'il ne faut pas se méprendre : la télévision, je la vois et si je la vois, je peux aussi la regarder. Et si ça m'intéresse, je suis capable de comprendre de quoi il retourne, même si ça ne sent rien. C'est évident.

Premier carrefour, premier feu rouge. Des gens attendent sur le bord du trottoir, alors qu'ils sont généralement tous pressés. Depuis longtemps j'ai compris que dans ce cas il ne faut pas traverser. Alors je fais comme eux : je patiente et je traverse avec tout le monde. Si par hasard il n'y a personne quand j'arrive je procède par analogie, j'attends que quelqu'un vienne et je fais comme les humains. L'imitation est le ressort de l'apprentissage, c'est bien connu.

Tiens, le fox-terrier que j'ai vu débarquer il y a quelques jours dans le quartier – sans que j'aie pu jusqu'ici identifier son maître – a déjà marqué le poteau des feux tricolores. A le renifler, il me semble franc du collier, mais je perçois qu'il se sent un peu seul, il voudrait créer des liens. Je lui réponds en quelques giclées que je suis prêt à le rencontrer un de ces jours, mais plus tard. Car aujourd'hui j'ai décidé d'aller à l'abribus, en reconnaissance. J'ai besoin de mieux comprendre comment ça se passe, avant de m'embarquer.

Je retrouve mon étudiante que j'avais perdue de vue. Dommage, elle s'engouffre déjà dans une boutique. Au seuil de l'aventure, je crois que je me sentais rassuré de la voir devant moi et peut-être même espérais-je qu'elle prendrait le bus. Tant pis, j'y vais ! Je me lance dans un petit trot décidé qui me ragaillardit. Je ne m'arrête pas, je renonce en quelque sorte à relever mon courrier du matin, je mets mon nez hors circuit. En moins de temps qu'il n'en faut à une tortue pour partir avant le lièvre, je me trouve en vue de l'abribus. Je me poste au pied d'un grand platane, sur le disque de terre rafraîchi par une ondée nocturne. J'y suis bien, sur le passage de personne, le cul au frais et au tendre, pas comme sur le macadam. Voyons.

Pour l'instant, l'abribus est vide et personne ne patiente dans les parages. Sur l'avenue, à quelques platanes de là, j'aperçois l'arrière d'un bus destiné à l'arrêt suivant. Deux merles s'ébrouent dans une flaque. J'attends qu'ils s'envolent, en me réjouissant de voir la surface de l'eau redevenir parfaitement lisse et refléter le bleu du ciel. Avec de la chance, il arrive même qu'un petit nuage apparaisse dans ce reflet et que je puisse y voir comment sa forme change pendant qu'il traverse la flaque.

A cette heure de la matinée, le trafic est apaisé, les grandes transhumances ont déjà eu lieu : écoliers, lycéens, jolies secrétaires, tout le fretin des employés, bref tous ceux qui doivent être en place à huit heures, ont quitté le pavé. Les oisifs et les aînés ne sont pas encore sortis. J'attends, curieux mais pas pressé ; ne rien avoir de précis à faire ne m'agace pas. Au contraire, ça me donne des idées.

Un quadra en short et T-shirt passe devant moi en courant sur ses baskets. Il est si attaché à son effort qu'il ne dévie aucunement de sa trajectoire et met un pied dans la flaque. Le reflet du ciel est brisé, et ce forcené aux chaussettes blanches désormais tachées n'a aucune chance de voir le tremblement des pétales des pois de senteur dans l'air matinal, aucune chance de réaliser que sa vie, elle aussi, est un fin tremblement dans l'air de matins l'un après l'autre perdus.

La face plate et vitrée d'un bus me tire hors de ces pensées désabusées. Elle s'approche encore sans bruit, du fait de la distance. Pas de doute que c'est utile un bus, pour celui qui doit se déplacer hors de son quartier. Dommage que ces sortes de salles d'attente sur roues soient laides, si bruyantes et surtout si puantes. Même avec une remorque, elles sont étonnamment maniables et précises. Il suffit de voir comment ce mastodonte vient sagement se ranger le long du trottoir. Les portes s'ouvrent dans un bruit de marmite à vapeur. Parmi les rares voyageurs descend une grande belle silhouette de femme vêtue d'une robe blanc cassé, coiffée d'un grand chapeau violet et suivie de Ray, un superbe et fringant colley à poil court brossé de frais, bien connu et honorablement estimé dans le quartier. Je ne l'avais jamais vu en laisse, et je ne connaissais pas la fière allure de sa patronne au rouge à lèvres écarlate. Il me regarde et me laisse quelques gouttes en guise de message, le temps que Madame trouve ses lunettes de soleil dans son sac. Je savais qu'il avait du savoir-vivre ; lui aussi a compris qu'il est inutile et fâcheux de tirer sur sa laisse. Madame chausse ses lunettes, referme son sac et se met en marche : à côté du balancement de la robe coquille d'œuf brille le poil noir de Ray. La laisse n'est jamais tendue.

Pendant ce temps, deux petits vieux sont sortis de la remorque. Elle avec un chapeau de paille plutôt mou, lui avec une casquette grise. Il est curieux de voir comment le sexe fort change de camp avec l'âge. Plus décidée, moins craintive, mieux en possession de ses moyens, la vieille marche devant, avec son sac à main – comment a-t-elle pu choisir un jour un tel ventre mou ? Bonhomme suit, un brin hésitant, de toute évidence déjà un peu émoussé, avec, à la main, un panier de paille. Cette distance dans la déambulation est la seule indépendance qu'ils se connaissent. Environ deux mètres. Deux mètres pour renoncer à se parler? Se pourrait-il qu'ils préfèrent éviter de se contredire et de s'opposer? Sont-ils trop accaparés par le fait de se déplacer pour être en mesure d'échanger des commentaires? Se sont-ils tout dit?

Ce serait trop dommage et j'aimerais leur faire comprendre qu'ils ne devraient pas prendre le même bus. Mémère devrait partir la première, puisque c'est sa tendance, et Pépère affréter le bus suivant. Ou l'inverse, si Madame craint que Monsieur oublie le gaz, un robinet qui coule ou le rituel sécurisant de la double fermeture de la porte d'entrée. Ainsi ils pourraient faire chacun leurs observations, ils auraient des points de vue distincts, donc plein de choses à se raconter. Alors Mémère n'aurait plus à partir en avant pour éviter de s'entendre rabâcher les sempiternels mêmes radotages. Elle resterait à côté de son homme parce que ce type-là aurait quelque chose à lui dire, quelque chose à lui rapporter qu'elle n'a pas vu. Peut-être même qu'il trouverait de quoi la faire rire et que ça lui éviterait de s'émousser, de la voir rire. Le monde serait plus beau pour eux : il aurait envie de la prendre par la main, le plus souvent possible, avant qu'il ne soit trop tard.

Moi, avant que le bus ne reparte, je m'empresse de pisser sur sa roue avant. Juste pour le taguer. De l'observation de ce premier passage, je retiens que les portes s'ouvrent automatiquement, qu'il n'y a, dans la remorque, aucun personnel portant casquette de la compagnie de transport et qu'il m'est possible de donner une identité olfactive distincte à chacun de ces véhicules.

Voilà : *da capo,* platane, assis et patience.

La rumeur du trafic sur le boulevard a nettement augmenté. Le flot de ces gros coléoptères sur roues assaille le macadam par vagues, au rythme des feux de circulation. Rarement, ceux-ci se trouvent en phase et font naître alors soit un moment de répit, presque un silence, soit, à l'inverse, un paroxysme rageur, lorsque le flux déferlant dans un sens croise, à la hauteur de l'abribus, le flot lancé dans le sens inverse. Les feuilles des arbres frémissent délicatement dans les imperceptibles mouvements de l'air ; elles le faisaient déjà bien avant que n'apparaissent les ancêtres simiesques de ceux qui allaient inventer tous ces machins roulants.

Une femme âgée et dépenaillée, fichu sur la tête et poussant un caddie, se dirige en clopinant vers l'abribus. A peine a-t-elle pris place qu'un vol de pigeons atterrit à ses pieds. Comme si elle s'y attendait, elle ne relève même pas la tête et continue à fouiller dans son sac en plastique posé sur le banc. Elle en extrait une boîte métallique, en retire le couvercle, y plonge la main et l'en ressort pour lancer devant elle une poignée de graines. Instantanément les pigeons se regroupent, tels un banc de poissons menacés. Ils picorent frénétiquement comme si le temps leur était compté, ou si ces graines allaient d'un instant à l'autre leur exploser sous le bec. En moins de temps qu'il n'en faut pour plumer une caille, le sol jauni par les grains de maïs est intégralement nettoyé et les volatiles ont disparu. La vieille dame plie bagage, se lève et repart. Je l'ai déjà vue souvent, dans le jardin municipal, procéder selon le même rituel efficace et silencieux.

Tout cela n'aurait pas eu lieu ou se serait passé différemment si les pigeons avaient quelque raison de me craindre. Mais ils savent depuis longtemps qu'ils ne risquent rien avec moi. Je suis nourri et placide. Et, à mon âge, je ne trouve rien d'amusant à capturer pour me distraire un de ces oiseaux urbanisés. Lorsque j'étais plus jeune, j'ai essayé, bien entendu. J'ai même réfléchi longuement aux astuces susceptibles d'augmenter mes chances de réussir ce que j'avais vu beaucoup d'autres chiens tenter sans succès. Mon but n'était pas de bouffer un pigeon, mais de me faire valoir en réussissant un coup réputé hors de notre portée. Cette présomptueuse ambition me quitta subitement, non pas en raison de quelque effet d'une sagesse mûrissante, mais à la suite de l'humiliation ressentie le jour où, n'étant parvenu, une fois de plus, qu'à faire s'envoler un groupe de ces volatiles, j'avais reçu une abondante fiente blanche et coulante, juste sur la truffe !

Un nouveau bus s'arrête. Il est pratiquement vide. Les portes s'ouvrent et personne ne descend. L'abribus est désert : personne ne monte. Les portes se referment. Le véhicule repart.

J'observe ainsi que les bus s'arrêtent à chaque station et ouvrent leurs portes même si personne n'a demandé à descendre, même si aucun voyageur n'attend pour monter. Patience et rigueur dans l'observation m'ont déjà beaucoup appris. Je peux donc m'octroyer le plaisir d'aller renifler du côté du distributeur de billets. Dès que je perçois la senteur qui m'a amené hier à ce bord de trottoir, je l'imagine : vive, entreprenante, précise, fine, rapide, prête à jouer, provocante et prompte, dans les périodes propices, à se laisser déguster. J'avance un peu, la truffe au sol et la tête foisonnante d'images disputant mon attention à autant de désirs. A peine ai-je découvert l'odeur plus dense de l'endroit où elle s'est assise que mes fantasmes et ma délectation sont envoyés au diable par l'irruption d'un autre bus. Je l'ai vu arriver du coin de l'œil, heureusement juste assez tôt pour faire un bond en arrière. Il se range le long du trottoir, je retourne à mon poste d'observation, sous le platane.

Dès l'ouverture des portes, de nombreux passagers se précipitent à l'extérieur, en deux vagues. La première est constituée de gens si pressés que je n'ai guère le temps de les détailler. Il passent, soufflés par leur hâte, stressés par leurs probables obligations ou simplement propulsés par leur énergie. Ceux de la seconde vague sont plus lents. D'abord une mère avec un landau garni de jumeaux. Elle doit se faire aider. A point nommé un ecclésiastique passe par là. Il n'a pas la mauvaise foi de faire mine de ne pas voir cette femme en difficulté, et se montre rapidement efficace. La femme le remercie d'un sourire.

Derrière elle, volumineuses et indolentes, apparaissent deux femmes voilées qui avancent mollement dans l'ampleur de leur vêtement traînant au sol. Chez ces femmes tout est caché sauf les yeux, alors que chacun connaît le pouvoir de séduction du regard. Mais voilà, il est impensable de leur bander les yeux au risque qu'elles se fassent écraser par une voiture – alors qu'on a besoin d'elles pour faire des bébés.

Le dernier passager à sortir du bus est un jeune homme qui balaie le sol devant ses pieds en se servant d'une fine baguette blanche. Sa tête ne suit pas le mouvement apparemment automatique de la baguette. Il n'en contrôle pas visuellement la trajectoire. Il est aveugle. Il n'a que du noir tout autour. Un noir infini, encore plus absolument noir que la nuit. Il s'avance d'une démarche efficace, presque décidée. Il est beau comme l'aurige aux yeux vides de Delphes, et il ne le sait pas. Son corps parfait, jeune et vigoureux, enthousiasmerait un sculpteur. Lui ne l'a jamais vu. Pourtant il le connaît, car il le sent et le touche, comme il perçoit et caresse le visage de celle qu'il aime. Il se dirige précisément sur le tronc du platane. Alors je décide de tenter de l'aider : je me lève, vais à sa rencontre et me place à sa gauche. Puis je me rapproche insensiblement de lui. Il m'a senti, car il maintient entre lui et moi un espace constant. Sa trajectoire s'infléchit. Mieux, dès que je constate que le platane n'est plus sur son chemin et que je cesse donc de me rapprocher de ses jambes, il règle sa marche en gardant toujours la même distance entre lui et moi. A nouveau il marche droit devant lui. Mieux encore, au moment où nous laissons le tronc du platane sur notre gauche, il fait deux pas qui le rapprochent de moi. Il s'arrête et s'accroupit. Sa main hésite à peine dans le vide, puis vient se poser sur mon dos et remonte vers ma nuque.

– Merci le chien, me dit-il en me caressant entre les oreilles, tu es doué et bien aimable.

Sa voix n'a pas le moindre timbre de tristesse ou de regret. Je lui réponds en m'asseyant.

– Tu sais, reprend-il, le platane, je le connais ; je l'avais bien perçu à la fraîcheur de son ombre et à l'odeur de la terre mouillée qui me permet de localiser son tronc. Bien sûr que je n'ai pas le nez d'un chien, poursuit-il, mais mon odorat s'est affiné. Idem pour mon audition et la sensibilité de ma peau aux vibrations ou à la chaleur des corps. C'est ainsi que je t'ai repéré à ma gauche tout à l'heure. Je sentais que tu te rapprochais insensiblement, j'ai compris tes intentions.

Je lui réponds en venant m'asseoir plus près de lui et en reniflant dans sa manche : j'y trouve une odeur de thé et de lierre qui me plaît. En se relevant il ajoute :

– Bonne balade, le chien, et à un de ces jours. Je passe souvent par ici.

Il repart, comme un papillon de nuit précédé de son antenne. Je le salue d'un jappement qui me satisfait par sa gaieté.

Je suis fasciné, et du coup je n'ai pas entendu les portes se refermer et le bus partir. Tant pis, je pisserai sur la roue du suivant.

Lui non plus je ne l'ai pas vu arriver. Il est plus efflanqué et râpé que jamais. Mais quelle fougue, quelle bonne humeur, quel entrain! En deux jets séparés par quelques jappements, grognements, reniflements et mouvements de fouet de sa queue, Cartouche, celui avec lequel j'ai mangé ma seule et par conséquent meilleure côte de bœuf de ma vie, m'explique qu'il a vu de loin mon manège, qu'il a tout compris, et que lui aussi fait partie des très rares quadrupèdes initiés qui prennent le bus. Il en profite surtout en été, pendant les vacances, lorsque ses bienfaiteurs quittent le centre ville. Il qualifie de bienfaiteurs ceux qui ont bien voulu prendre conscience de son existence, ceux qui ont la gentillesse et la patience de garder les restes de leurs repas pour un chien qui a su les séduire. En été, ils sont nombreux à quitter la ville. Les uns s'en vont à la campagne : c'est le bus qui part à droite depuis cet abribus, m'explique-t-il. Les autres préfèrent les plages du bord de mer; il faut alors prendre le bus qui s'en va à gauche, celui qui s'arrête de l'autre côté de l'avenue. Entre les paquets de voitures qui se croisent devant nous, je parviens en effet à distinguer, sur l'autre rive du boulevard, légèrement décalé par rapport à notre position, un abribus identique à celui-ci, ombragé par ce qui pourrait bien être deux acacias.

Ce flambeur ne tient pas en place. Il est déjà reparti pour aller faire sa cour à l'une de ses protectrices que je vois boitiller là-bas avec sa canne. C'est la concierge d'un de ces immeubles en pierre de taille où des gens riches cachent de somptueuses voitures, avalées par des garages aussi souterrains que privés, et vivent à rideaux tirés ou tout simplement ailleurs. Le jour où cette dame s'en ira, mon pote perdra un pilier majeur de son assurance-vie ainsi que la plus inconditionnelle de ses admiratrices. Car ce chien des rues, ce vagabond, lui a paraît-il sauvé la mise, par une nuit sans lune, en mettant en fuite, à coup d'impitoyables morsures, trois malfrats qui avaient pénétré chez elle et la violentaient pour lui extorquer les clés de ses locataires absents. Il passait par là, entendit des cris de rage et de détresse, vit la porte d'entrée laissée entrouverte par les truands à l'intention de leurs complices et se précipita. Enragé et tournant sur lui-même, il s'était transformé en un véritable cerbère dont les trois têtes mordaient à tout va et avec une telle fulgurance que les trois malandrins stupéfaits s'enfuirent en hurlant de douleur. Il aurait mis plusieurs jours, dit-il, à se débarrasser de l'odeur fade et du goût doucereux de la graisse dans laquelle il avait trempé ses crocs en mordant à pleine fesse celui de ces gredins qui entravait la bignolle, pendant que les autres cherchaient sous ses tabliers à lui faire les poches. Quant à la pipelette, elle ne se départit jamais de la reconnaissance qu'elle voue à son sauveur. Depuis ce jour, elle met de côté pour ce d'Artagnan à poil ras le meilleur des restes jetés à la poubelle par ses locataires rupins et nantis bien au-delà du superflu. Il lui arrive même de pousser la reconnaissance jusqu'à brosser, coiffer, voire laver ce saint-bernard de fortune. Enfin, concierge de son état, cette protectrice, naguère protégée, a le bon goût de ne jamais partir en vacances.

Voilà. J'en ai appris suffisamment pour aujourd'hui. Les transports publics, je sais comment ça fonctionne, du moins de l'extérieur. Demain, si tout se présente bien, j'irai voir comment ça roule de l'intérieur. J'espère qu'il ne pleuvra pas, car je n'oserai jamais rentrer tout mouillé dans le bus au risque de me secouer, cédant à ce qui, chez un chien, n'est guère moins impérieux qu'un furieux besoin d'éternuer chez un humain.

PREMIER ESSAI

Le demain d'hier est déjà devenu aujourd'hui. Il a suffi d'une nuit. Le monde est remis à neuf : ce matin est de ceux qui parviennent à faire éclore les glycines et les lilas.

J'ai magnifiquement dormi et Chérie dort toujours. Concepción m'a ouvert la porte, je n'ai rencontré aucun Albert.

Je trottine vers l'arrêt de bus dont j'ai apprivoisé hier le mode d'emploi. A mon arrivée pas plus de bus en approche qu'en partance, mais je sais maintenant qu'il suffit d'attendre.

Pour aujourd'hui, ce sera côté campagne.

Sur le banc de l'abribus, une grand-mère tricote, une jeune fille lit un livre, un gros bonhomme rougeaud se bat avec les pages d'un journal trop grand. Un jeune cadre en veston-cravate est resté debout, mallette à bout de bras. Pas de chien, juste trois pigeons oisifs et un gros papillon jaune safran, puis deux. Ils sont souvent par deux les papillons ; grâce à leurs phéromones, ils sont encore plus fortiches que nous pour le repérage amoureux.

Au pied du distributeur automatique de billets, je repère un message d'encouragement laissé à mon attention par mon pote, le valeureux cador des rues. J'apprécie cette solidarité et lâche quelques gouttes en guise de remerciements. Sur le mur de l'abribus, un clebs que je ne connais pas, sans doute de petite taille vu celle de sa calligraphie, a laissé un mot pour Léa, la levrette blanche et tremblante de la blanchisseuse. Il lui dit qu'il en bave et lui confie qu'il rêve de sa croupe étroite si exquisément frétillante. Sur un ton de confidence essoufflée par la concupiscence, il lui déclare d'un trait qu'il la sait avoir ses jours les plus chauds, se sent roussi par le désir qui le brûle de la remplir d'une belle portée de chiots et n'en peut plus de tant espérer se glisser dans son starting-block. Sincère et touchant. Espérons que cette coureuse de cynodromes ne se fasse pas procréer à la pipette pour garantir la pureté de son pedigree. Souhaitons qu'elle sache se coller cet aimable prétendant dans la truffe et s'offrir le frisson que toute créature n'a de cesse de rechercher.

Le jeune cadre tourne la tête à gauche : un bus, autrement dit mon bus, s'approche. Face plate et yeux éteints, il ne fait entendre le ronronnement de son moteur qu'à son arrivée. Le jeune cadre s'empresse, la grand-mère range son tricot dans son cabas, le bonhomme enfin parvenu à replier son journal se lève et la jeune fille glisse son ticket dans le livre. Les portes s'ouvrent. Des gens sortent : je ne vois que des pieds, tant je suis obsédé par l'idée d'avoir à passer de ce trottoir immobile à ce marchepied prompt à s'escamoter. Et dire que je vais laisser cet engin se saisir de moi ! Et qu'il se mettra en mouvement pour m'emmener Dieu sait vers quel inconnu.

C'est le moment. Les deux messieurs ayant choisi de ne pas venir dans la remorque, je me tiens derrière la grand-mère et la jeune fille. Elles montent, j'y vais : je saute ! Comme un seul homme ! En dominant ma peur. Serait-ce ce que les humains appellent le courage ? Le prix d'une certaine indépendance ? Quoi qu'il en soit, j'y suis ! J'ai osé ! Le bus démarre. Pour aujourd'hui j'abandonne dans mon quartier le cocon de mes habitudes. Le seul qui, à ma connaissance, a osé faire le pas, c'est bien le type qui s'est embarqué sur un banc public pour une sieste en plein jour. Comme moi, il a compris que la liberté commence quand on choisit soi-même ses contraintes plutôt que subir celles que nous imposent les autres. Je me demande ce qu'en pense Chérie avec ses téléphones et toutes ses affaires à faire. Sans parler d'Albert, bien trop aveuglé par sa suffisance pour ne pas s'enfermer dans le piège de ses préjugés, au nom même de sa liberté.

A l'instant où je constate avec un fier plaisir que l'audace ne m'a pas fait défaut, je vois deux baskets roses à côté de moi. L'étudiante ! Elle est montée au dernier moment, juste avant que les portes se referment. Elle suce une glace blanche de sa langue rose. Elle m'a repéré. J'appuie mon épaule contre sa jambe. Il suffit que je la regarde en pensant très fort à ce que je viens de réussir pour qu'elle ne s'étonne pas plus de ma présence dans ce bus que si j'étais un humain. Sans poser de question, sans le moindre commentaire, elle va s'asseoir en me disant : « Viens ! » Je la suis, elle prend place, et me fait signe de me coucher. Il y a peu de monde, je m'allonge. J'ai eu chaud et j'ai encore chaud, je halète, bouche ouverte, langue pendante. Quoi de plus naturel pour un chien, même pour un chien qui s'est glissé dans un bus et fait, pour la première fois de son existence, l'expérience troublante de se déplacer sans se mouvoir. Un brusque virage me fait comprendre pourquoi l'étudiante m'a fait me coucher. Elle me caresse pour me dire que ce genre de mouvement inattendu est banal dans un bus et, peut-être, pour laisser croire aux autres voyageurs que je suis son chien.

La grand-mère s'est remise à tricoter. La jeune fille a repris son livre. Elle lit, enfermée dans ce que lui disent tous ces petits signes bien alignés sur les pages qu'elle tourne régulièrement. Assise près d'une fenêtre, elle ne regarde jamais dehors. Elle semble refuser de voir le monde, s'être emmitouflée dans sa lecture comme dans une bulle de silence. Elle entortille une mèche de ses cheveux noirs autour de son index, puis la relâche et recommence. Quelle chance elle a de pouvoir lire ! Ça me plairait bien à moi aussi. Pas tant pour m'isoler, mais surtout pour mieux comprendre le monde et ce qui s'y passe. Mon étudiante a titillé un peu son téléphone. Totalement détendue, elle semble coutumière de ce trajet, ne cherche aucun repère. Elle sait où elle va et par quel chemin le bus l'y emmène. Devant nous, un type superbe, élancé, noir très foncé, élégant, délicat et posé porte une casquette de coton écru. A ses côtés sont très sagement assis deux enfants ravissants. Une fille et un garçon, d'environ cinq et huit ans. Un délice de précision dans leurs traits tout neufs, une gestuelle exacte et une surprenante capacité à se tenir tranquilles. Personne ne parle. Je n'entends que le grésillement d'une musique très saccadée, provenant d'une paire d'oreillettes entre lesquelles dodeline le visage avachi d'un ancien adolescent, encore gros et très boutonneux.

A intervalles plus ou moins réguliers, le bus s'est arrêté et a répété son cérémonial obligé. La grand-mère est descendue il y a déjà plusieurs stations. Ici ce sont deux mémères qui investissent la remorque de leur conversation de perruches. Plus exactement, il y en a une qui ne dit rien, et n'a même pas à acquiescer du chef pour que l'autre poursuive d'une voix de crécelle sa litanie de ragots : sa sœur divorcée et son neveu merdeux, son frère accidenté, son coiffeur décidément aussi chérot qu'inverti et autres histoires de prothèses dentaires, de varices et de hernies. Heureusement, ces deux-là descendent déjà à l'arrêt suivant. Il faut croire qu'à cet âge, avec cette dose de graisse et d'aigreur, il est impossible de marcher d'un arrêt de bus au suivant tout en parlant autant.

Le silence est revenu. Différent, car le roulement du bus a changé. La rue est plus étroite. De l'endroit où je suis couché je ne vois que le haut des immeubles et un bout de ciel. Les façades sont nettement moins soignées, souvent en briques, pour la plupart noircies, sales et tristes malgré le beau temps. Plus loin, la brique cède la place à des murs de ciment, parfois de verre. Je vois passer un groupe de cheminées avec trois panaches de fumée, deux noirs et un blanc. Que suis-je donc venu chercher ici ? Les vibrations du bus m'engourdissent. J'ai trop sommeil pour rester éveillé. Je sombre.

La banquise, si blanche, paraît aussi infinie que le bleu du ciel. Attelés comme moi au traîneau, les autres chiens sont tous identiques : hurleurs, excités, bagarreurs, hargneux. Pourtant, lorsqu'ils courent sous le harnais, la discipline et l'efficacité leur sont aussi communes que l'uniformité de leur pelage clair. Surprenant qu'il ne voient pas le canard muet que je suis au milieu de leur meute ! Moi je sais ma diffé-

rence. Je la sens dans mes pattes frigorifiées. J'appréhende l'instant où, comme un seul chien, la meute s'apercevra de ma présence et se ruera sur moi. Mais rien de tel ne se produit. Nous arrivons à l'étape. Dételé, je suis nourri comme les autres et placé avec eux dans un enclos où longtemps, dans cette nuit pourtant sans lune, les hurlements des uns ne cessent de répondre aux hululements des autres.

Une voix appelle, insiste, ravive mes craintes d'être identifié. J'ouvre un œil : envolées les baskets roses. Personne.

Je m'étais endormi et j'ai de nouveau rêvé. La remorque est vide, à l'arrêt, portes ouvertes, à l'ombre de grands châtaigniers. Terminus, fin de ligne. J'ai froid. Dehors un marchand ambulant annonce son passage, en soufflant dans une sorte de corne de brume, puis en criant les noms de ses produits pour appâter le chaland.

Je sors encore ensommeillé. Je me désaltère dans une flaque d'eau, il a dû pleuvoir ici la nuit dernière.

Derrière moi, une petite place, une église et un groupe de maisons de fin de village.

Devant moi, une longue et belle allée de platanes dont les frondaisons forment une voûte de verdure. La pénombre y est douce.

Quelque chose me dit que la campagne commence là-bas, au bout de l'allée, en pleine lumière.

CAMPAGNE

Elle commence, en effet, au bout de l'allée de platanes, par un champ de blé déjà haut mais encore vert tendre. Pour moi, c'est du jamais vu, de même que ces fleurs rouges saupoudrées par paquets. Leur tige filiforme et légèrement velue porte une corolle intense et délicate, un peu penchée, avec une seule rangée de fins pétales qui se détachent si je les touche de ma truffe.

Sur le bord de la route légèrement bombée l'asphalte laisse aux herbes une petite bande de chemin sablonneux. C'est là que je trottine. Je ne suis pas venu jusqu'ici pour retrouver le macadam que je foule tous les jours. Passe une grosse moto. Il me semble qu'elle envoie des gaz bien pires que ceux des boulevards. C'est qu'ici les émissions polluantes se lisent sur une page blanche, non contaminée par la puanteur ambiante de l'intense circulation urbaine. Au loin, un homme marche de l'autre côté de la route en tenant un long bâton de sa main gauche. A part lui, personne. Pas de pigeons, pas de joggeur. Uniquement le murmure léger d'un zéphyr de beau temps dans les blés. Parfois le bourdonnement d'un insecte. Le point noir, qui situe la moto déjà très loin sur la route droite, est devenu muet, et je n'entends pas encore les pas de l'homme qui approche. Allez savoir pourquoi deux corbeaux viennent se poser sur le bitume, font quelques pas pesants puis repartent. En suivant des yeux leur envol je remarque quelques petits nuages blancs et ballonnés, isolés dans l'azur. Dans cette campagne, qui m'avait paru vide et inerte au premier abord, il se passe à chaque instant quelque chose. Question odeurs, je dois concéder que je suis devant un langage presque totalement nouveau pour ma truffe. Rien à voir avec le dictionnaire olfactif de la ville. J'ai tout à apprendre pour me constituer un lexique de campagne. Question couleurs, c'est fabuleux. En ville, il arrive souvent que des couleurs se montrent indifférentes les unes aux autres, ou, pire, se détestent ouvertement ; par exemple, le jaune des bus et le bleu de certains panneaux indicateurs, ou l'orange des taxis luttant avec le rouge des camions de pompiers ou le fond brun des grandes affiches vantant telle ou telle marque de café. Ici, jamais. Et pourtant il y a des couleurs de toutes les couleurs. Seulement voilà : la nature sait comment les apparier pour qu'elles se sentent bien ensemble. J'avais déjà eu cette impression dans le jardin municipal, mais ici ce n'est plus une exception dans une enclave. Ici, c'est la règle.

J'entends les pas du bonhomme. Il est âgé, mais bien droit, porte un chapeau et une grosse fleur à la boutonnière. Son long bâton est couleur vert-de-gris. Je serai parvenu au bout du champ de blé lorsqu'il sera à ma hauteur.

Après le blé vient un champ de maïs. Entre blé et maïs s'en va un sentier de terre. L'homme qui marche est passé, le regard au loin, il ne m'a prêté aucune attention.

Je choisis de quitter la route, d'échapper à ce tentacule asphalté envoyé jusqu'ici par la ville.

A peine engagé sur le chemin rural un bruissement dans l'herbe, juste devant moi, me fait sursauter. J'observe plutôt que d'y aller d'emblée de la truffe comme si j'étais en terrain connu : Oh là! Un serpent!! Un frisson me secoue, mes pattes sont collées au sol, ça tape vilain dans mon poitrail. J'aboie sans même y avoir pensé. La créature ne bouge pas. A croire qu'elle est sourde ! Ou prête à me mordre! Faux, la voilà qui se met lentement en mouvement, s'éloigne dans les blés, presque avec élégance, indifférente. Ainsi, ça existe bel et bien, ces bêtes-là. Ce ne sont pas que des idées ou des prétextes. Celui-ci était très long et tout noir. Jamais je n'ai eu si peur. Il me faut une pause pour remettre à plat mes poils hérissés.

Après tout, ce serpent n'est qu'une de ces bestioles bien plus petites que moi. Il y en a d'autres si on regarde bien. Dans l'herbe, c'est plein de petites bêtes à plus de quatre pattes. Sans parler des fourmis que je connais déjà, je vois des araignées de toutes sortes, des sauterelles, des criquets, des punaises, un mille-pattes, un scarabée poussant sa boule. Rouges à dessins noirs, des blattes plates, arrimées les unes aux autres, passent leur vie à copuler. Que serait une ville, ses rues, ses bus, les bureaux de son administration, ses magasins d'alimentation, ses boutiques de fourreurs ou ses restaurants si ce gène du coït à gogo devait échoir aux humains ? Albert n'aurait même plus le temps d'aller piquer des roses au voisin pour se faire bien voir et Chérie devrait s'y reprendre à plusieurs fois pour vernir ses ongles !

Le chemin s'incurve en un très long demi-cercle dans la direction d'un bosquet de saules très prospères. Je m'arrête un instant à l'ombre des plants de maïs : silence. Tout au plus, très loin, le bruit du moteur d'une machine agricole. J'ai un faible pour l'odeur sucrée de la chevelure des épis de maïs, elle me rappelle celle du pli du coude ou du genou de ma patronne.

Le maïs et le blé, c'est fini. Je traverse maintenant un arpent de prairie et m'approche du groupe de saules. Ces seigneurs, souvent gardiens des cours d'eaux, entourent ici un étang et s'y mirent feuille pour feuille, tant la surface liquide est immobile et lisse. Par endroits, des franges de roseaux rendent incertaine la limite entre la rive et l'eau. La trace blanche et rectiligne d'un avion traverse le reflet d'un pan de ciel. Je vois plein de canards, deux cygnes, des libellules bleues, des nénuphars à fleurs roses ou blanches, des jacinthes d'eau. Le saut d'une grenouille dans l'herbe, entre mes pattes, m'arrache un bref aboiement de surprise. Les cygnes ne bronchent pas et continuent à glisser sur l'eau en prenant soin de leur reflet, mais les canards m'ont repéré et s'envolent en rouspétant. J'en profite pour laper quelques gorgées entre les roseaux, en semant à nouveau la panique, cette fois parmi ces espèces d'araignées qui se déplacent par à-coups à la surface des eaux stagnantes.

L'étang se prolonge par un petit cours d'eau jalonné de joncs. Je le suis. Il m'amène à une tumultueuse rivière qui l'avale et se dirige vers une ferme isolée.

Pour mon nez, il y a quelque chose de nouveau dans l'air d'ici : une sorte d'odeur de fiente, mêlée à des relents acides de paille mouillée. Je longe le torrent ; cette odeur persiste, s'accentue, se complique d'une composante évoquant franchement des latrines. Avant de le voir, j'en ai la certitude : c'est un poulailler qui agace mes bulbes olfactifs. Un vrai, plein de poules – blanches comme je les préfère, si ça se trouve – avec fatalement un de ces stupides galonnés de la crête suffisamment prétentieux pour faire le coq. Avant même de voir ce repère de gallinacés, j'ai la vive impression qu'il se passe en moi quelque chose qui m'échappe, quelque chose qui vient de loin, une vague de fond charriant des engrammes ancestraux que je sais d'ores et déjà ne pas pouvoir contrôler. Mon trot s'accélère, l'odeur de basse-cour se renforce... Je m'arrête pour écouter : pas de doute, ça caquette ! Je m'approche à pas de renard : le poulailler est là, grillagé, le long de la façade latérale de la bâtisse. Et toutes les poules sont blanches ! Aucun tracteur ni personne dans la cour de la ferme, juste un tas de briques, quelques ballots de jute et un bâtard de chien, un corniaud mâtiné briard, couché, mais attaché à une longe coulissant sur un fil de fer tendu entre les deux ailes du bâtiment. Il ne m'a pas vu. Le courant de l'air joue en ma faveur, il ne me flaire pas. La porte de ce poulailler, bien que fermée, se trouve être dangereusement voilée et bâille dans sa partie inférieure. Le loquet n'est qu'une chevillette de bois. Le temps de ces constatations, et la vague de mes pulsions a pris forme et ampleur. C'est le moment que choisirait le surfeur pour monter sur sa planche. Comme lui, je me lance et là je fais connaissance avec la force irrésistible de cette lame de fond qui propulse mon museau dans l'entrebâillement de la porte. Ma tête et mon encolure passées, je tords mon buste, le loquet saute.

Mon irruption dans ce harem à plumes déclenche une panique absolue. Instantanément s'installe le plus complet désordre. Toutes ces poules piaillent comme si elles avaient à passer des œufs d'autruche. Toutes fientent à tout va et battent des ailes pour tenter de se maintenir en l'air. Tout le poulailler est rempli en un instant de plumes brassées par l'agitation générale. Sans y avoir jamais été entraîné, je me sens sûr de mon coup, tel un jeune poisson qui ne se demande pas s'il saura nager. Sans la moindre hésitation, j'accomplis le bond inscrit dans mes gènes. Efficace du premier coup, il envoie mes crocs dans le croupion d'une jeune poulette. Elle palpite dans ma gueule plus qu'elle ne s'agite. Elle sait sa destinée et moi je lui sais gré d'accepter qu'un chien de ville venu à la campagne puisse avoir, pour une fois, rendez-vous avec sa nature. Je laisse la vague suivante s'emparer de ma volonté et, en quelques violentes secousses de la tête, j'expédie ma proie dans le paradis des poulettes. Je m'éloigne en tapinois à la recherche d'un taillis me laissant tout loisir de me mettre à table. Le cador de la ferme a fini par s'apercevoir du grabuge. Il hurle d'autant plus qu'il enrage d'être enchaîné. Dans la maison, rien ne bouge. C'est le moment de la journée où la fermière pourrait bien se faire reluire par le garçon de ferme, tandis que son empoté de fermier, assis dans son tracteur, avec devant lui toujours une nouvelle ligne à se faire, fantasme en imaginant le joli cul de la nouvelle serveuse du Bar des Platanes et tout ce qu'il souhaiterait en faire.

Il serait indigne de décrire le comment, de même qu'il serait illusoire de tenter d'expliquer le pourquoi. Toujours est-il que je l'ai bouffée, cette poule. Il n'en reste que quelques os à peine refroidis et beaucoup de jolies plumes blanches éparpillées autour de moi, mêlées à des feuilles mortes, au fond du petit cratère que j'ai découvert dans un bois de chênes. Couché, j'y suis invisible, mais dressé sur mes pattes je contrôle parfaitement les alentours. Il est néanmoins préférable que je m'éloigne des preuves de mon forfait et que j'aille digérer en un autre lieu, plus neutre et si possible ensoleillé. Je m'assure qu'aucune plume ne colle à mes babines ou à mon pelage et je sors du bois. Étrange comme je suis à la fois rassuré d'avoir parfaitement bien fonctionné et pas du tout fier de moi.

Je traverse une vigne, gagne le sommet de la butte, puis redescends sur l'autre versant pour échapper à toute vue depuis la ferme. La tête à l'ombre d'un grand chêne et la tripe au soleil, je m'abandonne à ma digestion et à la somnolence qui en garantit la qualité. En me voyant, chacun saurait qu'en ce moment je suis un chien heureux, béat au point de m'allonger ventre en l'air. Entre de délicieux glissements dans le bleu du sommeil, j'entrouvre les yeux sur le bleu moins foncé du ciel. J'y regarde évoluer la lente procession des nuages. Bien qu'à terre il n'y ait pas de vent, ils se déplacent, et même assez vite. Il suffit, pour s'en rendre compte, d'encadrer une portion de ciel dans des repères fixes tels que deux troncs ou un jeu de branches. Le temps s'écoule au gré du devenir de ces paquets de coton qui se séparent ou se rencontrent, changent de forme et glissent hors du présent de mon champ visuel.

Au fur et à mesure que ce présent grignote du futur et que le passé s'approprie ce bel après-midi, je sens qu'approche le moment où j'aurai à retrouver le chemin de la route asphaltée, du village, du bus, de l'abribus, de mon quartier, de mon immeuble, de ma patronne et de ma paillasse. Me voici soucieux de rentrer à l'heure! Décidément, je suis bien loin du début d'un commencement d'autonomie; et même si j'ai exécuté ma mission sans bavure, ce gallinacé de basse-cour n'était pas un animal sauvage que j'aurais su capturer en pleine nature.

Entre la position du soleil, qui indique un peu plus que la moitié de l'après-midi, et la direction d'où me parvient une odeur de champ de maïs, je m'oriente sans hésitation. Sans plus batifoler ou gamberger, je regagne la route. Au loin, je reconnais le village niché dans un paysage mamelonné. Je vois passer quelques vélomoteurs, plusieurs camions transportant des ouvriers de campagne et deux jeunes femmes à vélo avec leurs jupes flottant comme des drapeaux. Tous se dirigent vers le bourg. La journée pourrait être plus avancée que je ne l'ai estimé. Je me mets à courir.

Au bout de l'allée de platanes, près de l'église, aucun bus en attente portes ouvertes. Par chance, la flaque d'eau, restée à l'ombre des châtaigniers, contient encore de quoi étancher ma soif.

En face de l'arrêt de bus, adossé au flanc de l'église, un bistrot a ouvert sa terrasse sous une tonnelle de charmilles. Petit gravier rond, tables et chaises peintes en vert foncé à peine bleuté : uniquement des hommes, plutôt âgés, des retraités, deux d'entre eux chaussés de pantoufles. Trois sont assis chacun à une table, deux autres plus âgés – le premier très bedonnant et le second totalement chauve – palabrent debout en interpellant tantôt leurs compères, tantôt le patron à l'intérieur derrière son comptoir. L'après-midi n'est donc pas si avancé, ceux qui travaillent ne sont pas encore arrivés pour l'apéritif. Pour sûr qu'un bus va venir.

Derrière la terrasse, un long prolongement de la tonnelle abrite deux jeux de boules à l'italienne, côte à côte, parfaitement entretenus. Un immense laurier-sauce prospère de chaque côté de l'abside arrondie de l'église. A l'extrémité la plus éloignée du jeu, quatre joueurs entament une partie. A mi-longueur, un vieux tout sec est assis à califourchon sur une chaise. Menton appuyé sur ses mains posées sur le pommeau de sa canne, il regarde le jeu, aussi immobile que les deux lauriers. Eux vigoureux et verts, lui caduc et gris. Je profite de la tension créée par le lancement du cochonnet pour me rapprocher. Et je m'assieds, pas tout à fait en face du spectateur gris. Le campanile lâche quelques sons de cloche, apparemment pour marquer l'heure. Au dernier coup, le cochonnet s'immobilise. Le premier joueur envoie sa boule. Son intention de faire au mieux se traduit par un léger déhanchement. La boule roule bien droite sur le sable dur. Elle seule est en mouvement, tous les joueurs ayant rejoint le spectateur dans son immobilité. Elle progresse exactement dans la bonne direction, cette boule. Elle ralentit parfaitement comme il se doit, cette bonne boule. Si bonne qu'elle n'obtient pas qu'un bon point, mais un véritable baiser au cochonnet. Sans aucun bruit, bien sûr. Les bras mi-pliés des joueurs retombent le long de leur corps remis en mouvement : chacun se repositionne pour donner son tour à un membre de l'équipe adverse. Je choisis ce moment pour me rapprocher encore. Ne pouvant en aucun cas faire mieux que le joue contre joue du cochonnet avec la première boule, l'équipe adverse n'a guère le choix : elle doit détruire ce point, faire voler en éclats ce tacite conciliabule. Le lanceur vise et tire. Sa boule décrit en l'air une courbe bien tendue. Encore pleine d'élan, elle touche le sol à une demi-longueur de patte de la boule immobile devant le cochonnet. L'impact envoie tout valdinguer. Mais au total, le point est pris. Le lanceur, le plus jeune des quatre, bombe un torse déjà bronzé sur lequel brille l'or d'une chaîne.

Moi, juste avant que la boule lancée ne touche terre, j'ai cru voir quelque chose qui pourrait beaucoup me plaire. Pour en être certain, il faut que j'observe encore une fois cette opération du lancer. Je suis pris au jeu, et j'espère que le bus ne viendra pas trop tôt. La partie continue, le vieux spectateur n'a toujours pas bougé et les joueurs ont maintenant changé de côté. Ces types-là s'entraînent certainement tous les jours.

Ça y est, le baiser au cochonnet s'est à nouveau produit. Un autre pointeur entre en lice. Sachant que c'est près du conglomérat boule-cochonnet que sa boule va atterrir, je fixe le sol à l'endroit présumé de l'impact. Il envoie. C'est bien ce qu'il m'avait semblé entrevoir la première fois : lorsque la boule est redescendue assez près du sable, son ombre apparaît sur le sol et ce n'est qu'une fraction de seconde plus tard qu'elle entre en contact avec la piste, en émettant un bruit mat très caractéristique. D'abord l'ombre, ensuite l'impact. Voilà qui me plaît beaucoup : une vérité, une constante physique aussi évidente que «Personne ne court plus vite qu'une balle.»

Le bus est arrivé. Je ne l'ai pas entendu. Un type vêtu de l'uniforme de la compagnie de transport, mais sans sa casquette, se tient sous la tonnelle, une bouteille de soda à la main. Le prix de mon ticket combinant un brin de ruse et beaucoup de discrétion, j'abandonne le jeu, à regret, et vais me glisser dans le fond de la remorque. Quelques minutes plus tard entrent deux adolescents qui parlent d'ordinateurs, puis passent en revue les filles de leur classe. Ils pouffent, puis se taisent à l'arrivée d'un jeune curé qui, à peine assis, ouvre un petit livre relié en cuir souple qu'il a extrait de la poche de sa soutane.

Le trajet de retour s'effectue sans incident et sans que personne ne se préoccupe de ma présence. Au terme de cette journée pour moi totalement inédite, je dois concentrer toute mon énergie à ne pas laisser les vibrations de cet engin me plonger dans un sommeil qui m'empêcherait d'identifier ma station.

Je quitte le bus à point nommé, juste avant la tombée de la nuit.

En m'ouvrant la porte si tard, Chérie m'a tout l'air de supposer que je me suis laissé entraîner dans le sillage d'une ribaude. Ne devrait-elle pas être fière que je sois capable d'apporter à la gent femelle les satisfactions qu'elle est en droit d'attendre? En patient souffre-douleur, j'accepte sa mauvaise humeur. Même si pour me témoigner sa réprobation son pied pousse vers moi mon écuelle encore pleine d'eau et laisse ma gamelle vide.

Chérie ne peut évidemment pas savoir que je n'ai pas terminé de digérer poulette. Et moi, j'ai pour une fois l'avantage de ne pas être en mesure de lui dire qu'aujourd'hui j'ai pris la liberté de faire la gamelle buissonnière. Je me suis nourri sans rien devoir à personne. Simplement en libérant mon instinct. Comme je lui suis reconnaissant d'avoir envoyé mes dents, sans la moindre hésitation, dans un croupion enjuponné de plumes blanches !

Je m'endors en paix.

QUELQUES JOURS DE PLUIE

Depuis mon escapade, le temps s'est fait maussade : brèves ondées et grains de grand vent, giboulées espiègles ou pluies fines qui semblent devoir durer toujours, mais changent pourtant de destin quand au-dessus de mon quartier le gris s'écarte pour du bleu, de la lumière, du soleil, du printemps.

Malgré cette pluie, je suis sorti, pour les raisons que vous savez et que j'évite de poser sur les trottoirs. Pour faire plus court et ne pas rentrer trop mouillé, mon tour du quartier s'est limité aux stations qui stimulent le mieux mon péristaltisme. Ce faisant, j'ai quand même appris que la bienfaitrice de Cartouche est malade et que mon pote des rues s'est trouvé dans l'obligation de piquer une brochette de kebab chez Mehmet. Le bouledogue du Père Gilbert est invalidé par une chiasse si véhémente que, selon les caractéristiques de sa trace, il en prend plein les pattes. Le fox-terrier, nouveau venu dans le coin, est tout fier d'annoncer que la chienne de la fleuriste a répondu à ses avances, s'est ouverte à sa truffe et lui a laissé arroser son bégonia. Du coup, il se sent beaucoup mieux intégré. Aucune nouvelle par contre du mecton qui voulait honorer Léa la levrette. Il est vrai que d'avoir ce tremblement ambulant sous le ventre, pour ne pas dire autour de l'andouille, doit être une expérience érotique insolite. Pour l'instant, j'ai plutôt l'impression qu'à force d'en baver dans le vide, le gars doit les avoir phosphorescentes comme le cul d'un ver luisant.

A part ça, je suis resté pas mal sur mon paillasson à regarder le jeu des nuages dans l'encadrement de la fenêtre, à suivre les allées et venues de Concepción et à me remémorer ma journée à la campagne ; tout ce que j'ai reniflé et découvert là-bas est bien plus long à digérer qu'une poulette. Parti en prenant le bus comme un humain, je dois reconnaître que j'ai bien vite été rattrapé par ma chiennité la plus primitive. Mais j'y pense... De tels instincts se manifestent aussi chez les hommes : un chasseur qui débusque un sanglier ou un soldat face à l'ennemi ne réfléchit pas plus que moi, il épaule et tire. Sans oublier que malgré toutes leurs bonnes manières, leur goût pour la dissimulation et tout ce qu'ils ont inventé, comme les bus, les téléphones ou les ordinateurs, la plupart des humains n'hésitent pas à laisser libre cours aux pulsions qui les font se renifler et se lécher dès qu'ils en ont l'occasion, et pire que des chiens. Et ne cherchent-ils pas eux aussi à se dégager de tout asservissement ? Cette soif de liberté répond-elle – au même titre que mon goût pour les poulettes blanches – à un instinct ou n'est-elle qu'un leurre, une illusion dont le prix à payer est la solitude ? Tout ce que j'en sais, c'est que je n'attends que l'occasion de retourner à la campagne. Mon rêve serait d'y aller avec Cartouche. Pour ne pas attirer l'attention sur nous, lui monterait dans la voiture principale et moi dans la remorque que je connais. Ensuite nous serions ensemble toute la journée et ce serait bon. Mais auparavant, j'ai envie d'élargir mon horizon. J'ai décidé de voir la mer et je sais que pour cela il suffit de traverser l'avenue pour atteindre l'abribus d'en face. Cet événement-là, je le veux avec du soleil, des couleurs et une petite bise pour foncer un peu le bleu de la mer.

Chérie a beaucoup été absente ces derniers jours et j'ai souvent dormi, gambergé, rêvassé, songé à cette chienne qui m'est rentrée dans les narines, m'a conduit au bus, mais dont ce premier voyage hors de la ville ne m'a pas rendu la trace. Par oisiveté, pour un petit plaisir domestique fleurant la transgression et, *for a change,* comme dit Albert, je suis allé au salon, après le départ de Concepción, pour m'allonger sur un tapis entre les pieds du grand piano de Chérie.

A propos de tapis, j'ai observé un phénomène qui m'interpelle et dont je voudrais bien parler. Posés sur une moquette avec toutes leurs couleurs, eh bien, ils bougent tout seuls, ces tapis ! Ouf ! Ça y est, je l'ai dit ! Quittez votre appartement une journée entière et, à votre retour, regardez-les : ils sont soulevés par des plis qu'ils n'avaient pas le matin. Ils se sont même déplacés. Celui que Concepción dispose toujours symétriquement au milieu du passage se retrouve excentré, au point d'aller former une vague contre la plinthe. Pourtant personne n'a marché dessus. Étrange et agaçant. Il n'y a pas que les microbes qu'on ne voit pas. Il y a aussi, disons, ce qui pourrait bien être des ondes. S'agit-il de celles qu'on connaît des radios, téléphones, télévisions, de tout ce bazar relié à des satellites, ou nous trouvons-nous en présence d'énergies inconnues, capables de faire accuser la bonne en mettant vos tableaux de travers ?

Tout compte fait, heureusement qu'on ne les voit pas, ces ondes ; la vie deviendrait totalement impossible. Il y aurait des fils partout, dans tous les sens, jour et nuit, à en perdre le nord, puisque tous ces trucs nous cacheraient même l'étoile polaire. Quant au soleil, il serait perpétuellement voilé par cette toile se tissant et se défaisant sous nos yeux. Les hirondelles ne sauraient plus sur quel fil se rassembler et tomberaient au sol comme des cailles fauchées par une volée de chevrotine.

Oh ! Là, je sens que je suis tout près d'un endormissement. A peine le temps de me dire que ces tapis mobiles ne sont, à vrai dire, qu'un moindre mal et je plonge dans les abysses bleu saphir du sommeil.

LE CANAL

Aucun de mes assoupissements, si délicieux soit-il, ne résiste au cliquetis de son trousseau de clés: paupières encore closes, avant même d'avoir bougé une oreille, je suis instantanément sur mes pattes. Ce trousseau ne peut être que celui de Chérie. Et si ma patronne l'agite ainsi, ça ne peut être que pour moi. Elle sait que je ne suis pas tout à fait réveillé : «Tu viens le Chien?» me demande-t-elle à voix basse. J'oriente mes oreilles dans sa direction, elle poursuit : «Je t'emmène faire un tour du côté du canal. Tu n'y es jamais allé, ça te changera de ton jardin municipal.» Au supplément de clarté et d'énergie vibrant dans sa voix, je sais qu'aujourd'hui est pour elle un jour de congé. Un de ces jours ouverts qui débutent par un éveil au bout du sommeil et non au son du réveil, un matin non amputé du temps du plaisir et du superflu.

Là, le chien s'ébroue. Il s'étire et bâille. Il dit son accord en allant chercher sa laisse qu'il se met en gueule pour l'apporter à sa patronne. En déclarant ainsi librement son allégeance, il sait qu'elle la mettra de côté, comme pour lui dire : «Pas besoin de cela entre toi et moi. Si tu viens avec moi, c'est pour que nous nous tenions compagnie. »

Chérie repose la laisse, se regarde dans le miroir et fait ces quelques gestes rituels ou propitiatoires par lesquels elle semble vouloir arranger une nouvelle fois sa chevelure déjà parfaite. Elle porte un jogging *Sonia-quelque-chose* qui lui fait un beau cul sous la peau de ce fin et soyeux tissu, tendu juste là où il faut. Elle enfile ses baskets. Je lape quelques gorgées de flotte et nous voici sur le palier. La clé tourne dans la serrure et l'escalier déroule ses marches sous nos pattes. Nouvelle porte, une qui se ferme toute seule, minuterie automatique, autre escalier, plus étroit, non plus de pierre mais de béton un peu noirci : garage. L'air y est plus chaud et surtout plus lourd. Les odeurs de lessive ou de terre qui ont leurs quartiers dans toute cave sont ici anéanties par les gaz de voitures, les odeurs de pneus et les émanations du jus de moteurs qui tache le sol des places de stationnement. Les bruits, eux aussi, sont tagués garage : résonance inhabituelle à la fermeture des portes, emphase du moteur au démarrage, ronronnement de la porte basculant sur la lumière du jour et la rampe de sortie.

Au premier feu rouge, Chérie appuie sur le bouton que je préfère : celui qui soulève le toit de la voiture et l'envoie se ranger dans le coffre. Le soleil est sur nous. Elle chausse ses lunettes teintées, négocie, derrière ses oreilles, la place de deux mèches de ses cheveux que j'aime, et redémarre. Après un bout d'avenue sans soleil, un sens interdit nous fait tourner à droite, retrouver la lumière, échapper à la froideur de l'ombre.

Que je suis bien ! Et que je suis fier ! Seul avec elle. Elle qui m'a choisi ce matin pour faire partie de son congé, de son temps à elle et ceci – je ne peux m'empêcher de le souligner – sans ce fat d'Albert. Disons pourtant que je ne lui en veux pas, à cet Albert. Je suis capable d'admettre, sinon de comprendre, qu'il pourrait avoir des qualités, voire des capacités que, dans ma condition de chien, je ne suis pas en position d'apprécier. Par exemple, je ne sais rien des phéromones que ce Monsieur produit pour le grand bonheur de Chérie. Il se pourrait qu'elle y perçoive la clé d'enivrantes félicités... Qui sait? Rien n'exclut après tout que les testicules albertiens soient génétiquement équipés – de toute évidence sans qu'aucun mérite ne lui en revienne – de tout ce qu'il faut pour produire de la 5-alpha-androstérone en quantité supra-normale. Chacun sait que ce dérivé volatil et odorant de la testostérone se retrouve dans la transpiration axillaire de l'homme en état d'excitation sexuelle. Ce que chacun ne sait pas, et qui me conforte dans mon opinion très subjective à propos de cet insipide Monsieur, c'est que cette substance odorante est également produite par un légume, mais oui, par le céleri, et même par son cousin, le panais. Ce genre de phénomène n'a rien d'exceptionnel. Ainsi, dans un champignon, en l'occurrence la truffe noire, des chercheurs allemands ont mis en évidence, depuis plus de vingt ans, la présence d'un composant similaire qui chez le porc joue le même rôle que la 5-alpha-androstérone chez l'homme. Tournez manège : c'est l'attirance de la femelle du verrat pour cette odeur qui la rend infatigable, acharnée et si performante pour la récolte des truffes. Car ce dérivé d'hormone mâle est également présent dans la salive du cochon.

Chez moi c'est l'inverse, c'est la truffe qui renifle et, croyez-moi, elle ne risque pas de confondre un céleri ou un panais, pas plus que le groin d'un porc, avec l'objet de mes désirs.

Après avoir égrené les dernières maisons de sa banlieue, la ville a rendu le paysage à la campagne. Une campagne totalement plate de ce côté-ci, avec une route toute droite. Les pages de ce paysage se tournent chaque fois que la voiture croise un rideau de peupliers qui en sépare les champs.

Depuis que sa conduite est libérée des carrefours et des feux de signalisation, ma conductrice s'est mise à me cicéroner des explications à propos du canal. Cette voie d'eau, que je vais bientôt découvrir, doit son existence aux alluvions charriées par le très grand fleuve qui là-bas, bien plus au nord, serpente dans la plaine. Ce canal appartient à une petite ville peu éloignée de la nôtre. Il y a très longtemps, elle se trouvait au bord de la mer : un port y accueillait plein de bateaux avec leurs marchandises et leurs voyageurs. Avec le temps, les alluvions du grand fleuve se sont déposées et ont repoussé le bord de la mer de plus en plus loin de la ville. Pour maintenir le port, il a fallu creuser un canal. Par la suite, les bateaux devenus trop grands, le canal ne fut plus utilisé. Jusqu'au jour où les habitants de la ville trouvèrent la solution. D'un côté, on construisit un grand port en bord de mer. De l'autre on prolongea le canal au-delà de la ville, jusqu'au grand lac qui communique avec les bras du fleuve. Maintenant, les immenses cargos sont déchargés dans le port et les marchandises transbordées dans des bateaux plus petits. Ces embarcations très allongées et plates atteignent le lac par trois écluses et apportent les marchandises aux populations touchées par le fleuve. Il y a tant d'eau dans ce canal que la ville s'est offert de magnifiques jardins avec des fontaines, des cascades et toutes sortes de jeux d'eau. «C'est là que nous allons» conclut Chérie.

La route est venue se ranger le long du canal. Le ruban gris et rectiligne ne quitte plus le ruban bleu. Seul un étroit rivage herbeux les sépare. De l'autre côté, les peupliers portent leur ombre sur les champs et trempent leur pinceau dans le bleu du ciel. Peu de voitures. Quelques camions nous croisent en rafales. Beaucoup de vent. Au loin, sur le canal, un point noir qui grossit.

Chérie arrête la voiture sur le bas-côté, comme pour me dire : «Tiens, le Chien, renifle un peu ça!» Elle s'étire pour déplier son corps et l'installer dans sa liberté. Tout autour, la plaine est immense et le ciel partout jusqu'à la terre. Silence et vent. Les feuilles des peupliers frémissent dans le vert comme la surface de l'eau clapote dans le bleu. Personne.

Le point noir a nettement grossi.

Chérie croque dans une pomme et vient m'ouvrir la porte : c'est bien vrai qu'ici j'ai tout à découvrir. Ne serait-ce que la route qui sent la pierre et le goudron. Rien à voir avec l'odeur de pneus et de ferraille graisseuse des avenues citadines. L'air que je tâte de la truffe en levant le nez promène des senteurs venues de très loin avec les grands bateaux qui traversent la mer. Les herbes non plus ne sont pas celles des squares et des plantations soignées du jardin municipal. Certaines ont l'air d'être sèches et quantité de tout petits escargots blancs y sont attachés. Pour sûr je ne les aurais pas vus si le hasard et le vent ne les avaient fait se balancer sous mon nez, tandis que je levais la patte contre une borne.

Le point noir est devenu la proue arrondie d'une péniche, soulignée par une petite écume blanche au fil de l'eau. Le vent joue son plus beau bleu, tandis que nous parvient non pas le ronronnement d'un moteur, mais une guirlande de musique.

Chérie lance son trognon de pomme dans le canal. Le temps de regagner la voiture – pour elle de boucler sa ceinture de sécurité – et la proue de la péniche est sur nous, suivie de son long corps rectiligne. Sur le pont, un moustachu au teint très mat, tignasse au vent, pantalon noir et chemise blanche, joue de l'accordéon, assis sur une chaise rouge carmin. Il nous salue d'un geste, puis les roucoulades de notes reprennent, tantôt emportées par le vent, tantôt couvertes par le bruit du moteur.

Un nuage fait passer une bande d'ombre sur le canal. Chérie s'essuie les mains dans un mouchoir. Nous repartons.

Trois péniches plus loin, les premières maisons de la ville apparaissent sur l'horizon. Le canal s'incurve et quitte progressivement la route. Après quelques méandres, la voiture s'arrête dans le parking des «Jardins du canal». A peine sur mes pattes, je grimpe en courant sur une bute d'où je découvre un petit lac et, au milieu, une île que rejoignent quelques embarcations à rames. Un paradis pour les cygnes et les canards. Mais attention, ici pas d'esclandre! Ces volatiles ne sont pas ceux d'un poulailler : ils sont, à n'en pas douter, aguerris et capables – en particulier les cygnes – de tenir en respect tout quadrupède de compagnie. Là, il faudrait être renard et attendre la nuit. Ce qui n'a rien à voir, c'est certain, avec la promenade d'agrément que Chérie a en tête.

Elle me suit avec son panier contenant un pull de coton marine, une trousse de maquillage, un plan du parc, un livre, un crayon, une petite bouteille d'eau, son porte-monnaie, un étui à lunettes, et des jumelles de théâtre pour le cas, dit-elle, « où nous croiserions un écureuil ». En plus de cet inventaire, il y a tout ce que j'ignore sauf, et c'est tant mieux, son téléphone portable qu'elle ne prend jamais pour se promener avec moi. Si j'observe tous ces détails, c'est que j'ai à cœur de pouvoir l'aider lorsqu'elle ne trouve pas ce qu'elle cherche. Par exemple – et ça arrive souvent – si elle cherche son étui à lunettes dans la boîte à gants et que je sais qu'il est dans son sac, je la tire un peu par la manche, d'une patte ou du museau. Parfois je regarde simplement son sac et elle m'entend.

La lumière est vive, les ombres nettes et foncées, le sable des sentiers doux et sec sous la patte. Ça balance dans les frondaisons, sous les coups de peigne des risées. Pas d'autre bruit que celui de ces paquets de vent ; les enfants sont en classe et les jardiniers, pour une fois, occupés sans utiliser leurs machines hurleuses.

Chérie marche rapidement, souriante, détendue et heureuse de respirer l'air pur. De temps à autre, elle marque un temps, lève les yeux, renverse sa tête en arrière et regarde longuement la variété des feuillages. Ailleurs, elle s'arrête devant un imposant vieux tronc, elle en caresse l'écorce tourmentée ou joliment colorée de taches de lichens. Parfois même, paupières closes elle y colle son nez. Une autre séquence peut vous la montrer entourant le tronc de ses bras, y appliquant son corps pour s'imprégner de la force qui pousse la sève jusqu'à l'extrémité de chaque branche. Avant de s'en détacher, elle y appose sa joue, invariablement la droite. Ensuite, elle fait un pas en arrière et, les bras en croix, prend le temps d'une lente et profonde respiration. Revenue à sa promenade, elle me rend ses beaux yeux pervenche et nous repartons. Je cours en avant, reviens en arrière, me laisse distancer, la rejoins après de brèves incursions dans le sous-bois, mais ne m'éloigne guère. En un regard, je sais son humeur, en deux coups d'œil j'ai compris l'étendue de la liberté qu'elle me concède.

Le chemin traverse maintenant un espace de prairie domestiquée par les jardiniers, ouvert en pente calme vers le lac et prenant des airs de campus américain. Chérie pose son pull-over sur l'herbe, bien à plat, et s'assied. Moi aussi, à côté d'elle, à portée de sa main droite ; elle est droitière. Ce n'est pas tout de courir, de satisfaire ses muscles, ses articulations, son sens de l'orientation et son goût de la découverte, encore faut-il avoir son compte affectivement, se sentir aimé lorsqu'on a, comme moi, quitté le statut et les prérogatives de bête sauvage et accepté les aléas de la domestication. Mais, à voir son regard porté droit devant elle sur le lac, sûr que Chérie pense en ce moment à autre chose. A un regret, ou à un désir, peut-être à un simple souvenir... Disons que je lui laisse un temps raisonnable pour en faire le tour et me rendre son attention. Le temps que le rameur d'un canot aborde l'île. Les bras autour de ses genoux repliés, Chérie ne bouge pas, alors que l'autre, dans sa barque, s'agite comme s'il savait que je compte sur lui. Je demeure patient ; la progression du bateau m'indique le peu de temps qui reste, et je sais que Chérie ne supportera pas longtemps d'être assise dans cette position. A l'instant où la barque touche l'île, je me lève et vais me placer dans le champ visuel de Chérie. Le bleu de ses yeux dilué sur le lac se focalise sur moi. Elle me sourit. Je m'avance un peu, me couche, et, lorsqu'elle tend la main pour me caresser le crâne, je pose mon museau sur mes pattes pleines d'odeurs de promenade.

« Allons-y, mon Chien, le soleil est trop chaud. Allez, debout ! Regarde, tu vois ces arbres ? Il y a des bancs là-bas. Je vais lire et toi, tu pourras explorer les alentours. »

Nous traversons ce bois sans rencontrer personne sinon, de loin, un type dont il me semble reconnaître la silhouette. Il disparaît dans un chemin de traverse, là où une débauche de naïades, dauphins et chérubins, aux ordres d'un Neptune d'opérette, rivalisent de jets d'eau recueillis par plusieurs étages de vasques. Après cette fontaine s'ouvre une vaste clairière en forme de conque. De chaque côté, de grands arbres tracent une lisière, comme autant de colonnes sur une place Saint-Pierre. Sous ces arbres, quelques bancs. En face, pas de basilique, mais le lac et l'extrémité de l'île empanachée d'une cascade.

Chérie s'installe, ouvre son livre. Ceci signifie que je peux faire ce que je veux, pour autant que je sois régulièrement en mesure de voir, même de loin, si elle s'apprête à s'en aller.

A l'instant même où je l'aperçois, je le reconnais. Il est assis sur un banc, sur l'autre versant de la clairière, plus en avant du côté du lac, sous la mantille d'un ombrage moucheté de lumière. Mais lui ne lit pas. Il écrit dans un ordinateur ouvert sur ses genoux. C'est bien lui que j'ai vu tout à l'heure à contre-jour vers la fontaine.

Pour commencer je reste à distance ; il ne peut distinguer que la silhouette d'un chien occupé à renifler le sol. Au second passage, je me rapproche, caché derrière les buissons qui ourlent la lisière de la clairière. D'ici je peux l'observer de près à son insu. Il est vêtu d'un blue-jean et d'un T-shirt beige, porte baskets et casquette. Il se penche par intermittence sur son ordinateur et ses mains en recouvrent alors le clavier. Sinon il regarde au loin en croisant les bras. Incidemment, il lève les yeux vers le ciel, tout en plaçant l'index de sa main gauche sous son nez, puis renifle le dos de sa main droite en regardant son écran. Je sens qu'il se passe quelque chose avec ce type-là. Il me semble très concentré, totalement occupé à capter ce qui l'entoure, comme s'il en avait un impérieux besoin pour créer les décors de son imaginaire.

Je m'assure d'un coup d'œil que Chérie, que je distingue à peine depuis ici, est toujours à sa lecture. Mon pote referme son ordinateur, le glisse dans un sac de toile qu'il se passe en bandoulière. Il va partir. Dommage.

Au moment où il se lève, son geste est trop lent pour la retenir : un coup de vent fripon emporte sa casquette qui, tantôt volant, tantôt roulant sur le sol, finit dans l'eau. Je jaillis hors du taillis, me lance dans ma plus belle démonstration de course, me jette à l'eau, nage et saisis le couvre-chef. Ça fait du bien de réussir quelque chose pour quelqu'un. Surtout si ce quelqu'un est devenu important dans votre vie. Important... Et pourquoi donc? Parce qu'il me regarde? Parce qu'il est le premier humain qui m'incite à m'imaginer à sa place? Un humain qui s'accorde la liberté de se balader et même de s'endormir dans un lieu public, comme un chien. Mais toujours avec son ordinateur! Chacun ses obligations. A moins qu'écrire fasse partie de sa liberté... Alors, quelle peut bien être sa contrainte?

La casquette est à peine mouillée, juste là où elle a touché l'eau pour flotter.

Il me reconnaît : «Merci l'ami! Et Bravo! Dire que tout à l'heure je pensais précisément à toi! Là sur ce banc. Tu te souviens de celui du jardin municipal? Jamais je n'oublierai tes yeux quand je me suis réveillé... Je me suis souvent demandé quelle est ta vie, qu'est-ce que tu vois sur tes quatre pattes. Ah! Si tu pouvais parler!...»

Chérie est toujours sur son banc.

Il poursuit : «Aujourd'hui de nouveau tu m'étonnes. Tu habites en ville et je te trouve ici. Incroyable! Juste à l'instant où ma casquette se barre et finit dans l'eau. Et, tiens-toi bien, c'est la première fois que je viens ici. Il a suffi que je me loupe dans un giratoire, et me voilà embarqué le long d'un canal. Une bien jolie route. Alors j'ai poussé jusqu'ici.»

Chérie lit toujours.

Lui s'étonne encore: «Et toi comment tu t'es débrouillé pour arriver là?»

En guise d'explication, je le regarde droit dans les yeux, sans ciller. Une fois que nous sommes bien arrimés, pupille dans pupille, je tourne très lentement la tête. Un peu comme le faisceau d'un phare qui balaie l'espace avant de s'arrêter sur l'objet de sa recherche. Dès que l'axe de mon regard touche au loin le banc de Chérie, je m'immobilise. Mais comment être certain qu'il m'a compris? Pour m'en assurer, j'envoie un bref jappement, et cours d'un trait et sans me retourner jusqu'au banc, sur l'autre versant de la clairière : «Tiens, te voilà, mon beau chien, tu cours comme si quelqu'un t'avait envoyé me dire quelque chose que tu crains d'oublier. Tout va bien, reviens dans un moment, j'aimerais arriver au bout de ce chapitre.» Elle n'a pour ainsi dire pas levé les yeux de son bouquin. Sans m'arrêter, je fais un tour du banc, comme un lasso, et repars en courant encore plus vite.

Il ne m'a probablement pas quitté des yeux : il m'attend bras ouverts. «Je pensais bien qu'élégant et charmeur comme tu es, tu devais avoir une femme pour patronne.» Il reste accroupi et moi je me place entre ses jambes. Il me frotte les flancs en me racontant que le hasard a plus d'un tour dans son sac. Il s'assied à même le sol. Moi aussi. De cette succession de petits coups du sort, il fait un véritable événement, mais oublie d'en dire l'essentiel : tous ces hasards ne seraient que des occasions fortuites si le lien qui les rassemble n'était tissé de notre plaisir librement choisi d'être ensemble.

Un coup d'œil en direction de Chérie me la montre debout, un pied sur le banc, occupée à lacer sa chaussure. C'est le moment.

Je pose un bref instant mon museau sur son épaule, près de l'encolure, puis le glisse sous son aisselle. Il se laisse faire : il a compris que je veux emporter quelque chose de lui. Je me tourne en direction de ma patronne. « Vas-y, la chance est avec nous, nous nous reverrons bientôt » me lance-t-il, en même temps qu'une tape sur l'arrière-train.

Sur le chemin du retour je pense à cet homme et je me dis qu'il est doux ce bonhomme, intéressant ce gars-là et curieux avec ça, se souvenant de moi et s'encombrant d'un ordinateur pour lui écrire le plaisir qu'il a eu à me rencontrer. Je l'aime bien ce drôle de type qui m'intrigue; il semble, par moments, voir les choses à ma manière. Pour sûr qu'il doit avoir plein d'histoires à raconter, des vraies, évidemment, mais surtout des inventées, tressées de ce qu'il sait observer, de ce qui le touche et de tout ce qu'il espère.

Merci à Chérie qui a accepté que je m'installe à l'avant, à côté d'elle; elle est satisfaite de sa journée et contente de moi. Je fais le trajet la tête posée sur sa cuisse. Et elle peut voir que j'y tiens puisque, après chaque changement de vitesse, mon museau reprend sa place, près de son genou. Depuis que les bus m'ont apporté un gain d'autonomie, je comprends mieux mon attachement à Chérie ; je lui suis reconnaissant de m'avoir choisi. Et pourtant, c'est toujours vers le type à la casquette que glissent mes pensées. Serait-ce parce que nous sommes mutuellement en voie de nous adopter et qu'il ne se comporte pas comme mon maître, mais se montre un peu comme mon égal ? Peut-être. Mais que suis-je pour lui ? Si je me pose cette question c'est que j'aimerais qu'il voie en moi ce qui peut-être lui manque. Par exemple une certaine capacité à ne rien faire, une préférence à être, un goût de l'éphémère, un refus de tout assujettissement à l'avidité de la possession. J'irais bien faire une balade avec lui, pour observer ce qu'il regarde. Je me sentirais plus libre sans toutefois me trouver seul et je saurais s'il s'intéresse à ce que je vois.

Retour dans mon quartier. La ville bruisse, cliquette, ronronne et respire comme elle peut tout autour de nous. La bise est tombée. Le jour blanchit sous une lente invasion du ciel par des stratus, et moi je suis un peu désenchanté d'avoir dû laisser mon pote le cul dans l'herbe, avec mon départ dans les yeux.

Je m'encourage pourtant en pensant au hasard qu'il trimbale avec lui pour me retrouver, et en me disant que demain je repartirai.

Et que cette fois je verrai la mer.

LA MER

Deux arrêts déjà. Le bus tourne maintenant à droite au bout de l'avenue et s'arrête à un feu rouge. Je ne sais rien du chemin qu'il va suivre, sinon qu'il se faufilera hors du cœur de la ville, puis se débarrassera de la gangue de sa banlieue pour s'échapper en direction du bord de mer. Comme la première fois, j'ai choisi la remorque. Elle m'impressionne moins que le bus lui-même, à l'instar de tout ce qui n'est ni autonome ni déterminant, mais modestement complémentaire, à la manière d'un animal de compagnie.

Éveillé dès le point du jour, désaltéré et repu, j'avais attendu dans le vestibule, de façon à me glisser dehors dès l'arrivée de Concepción. La concierge avait laissé la porte de l'immeuble ouverte. Aussi Corse qu'elle est vêtue de noir, elle sort les poubelles avec des airs de grand prêtre officiant selon un rituel dans lequel tout sourire est proscrit. Sans même avoir à lever le nez pour hausser mon regard, j'ai senti que le soleil d'hier avait déballé les premières fleurs blanches et roses des marronniers. Le macadam était encore frais, les bipèdes rares et les boutiques closes. Les oiseaux avaient mis fin à l'affolant babil par lequel ils croient aider le soleil à émerger du côté du levant. J'avais voulu partir tôt, être certain de disposer d'une grande journée pour aller voir la mer que – dans ma condition de chien bridé par mon QI et limité à ce quartier – je serais censé ignorer, si Cartouche ne m'en avait pas parlé.

Ainsi, il n'y a pas que les humains qui veulent connaître ce qu'ils seraient censés ignorer.

L'abribus d'en face était désert, et pourtant un bus s'y était arrêté. Une jeune femme trop ébouriffée pour avoir sereinement dormi était sortie de la remorque en bâillant. Derrière elle, un jeune type balançant une jambe plâtrée entre des cannes anglaises avait créé une diversion suffisante pour assurer mon incognito.

Sur le marchepied déjà, une évidence explosa sous mon crâne : l'odeur était là, fraîchement tracée sur le sol, l'odeur de celle qui a un penchant pour les hortensias. Il m'avait suffi de suivre ce signal pour trouver l'endroit où elle s'était sans aucun doute allongée.

Maintenant j'y suis, lové sur sa trace comme une fève dans sa gousse, rivé à cette balise posée là pour me guider. Elle a sans doute été rejointe par la saison qui lui donne envie de m'accueillir, et de donner la vie. Et voilà que cette mère m'excite au-delà de tout ce que je pouvais espérer de la mer ! Que la vie est belle! A peine commencée, la journée m'offre à la fois de découvrir une inconnue et de couvrir celle qui s'est installée dans mon désir et me fait signe de la rejoindre. Quand elle comprendra que j'ai pris le bus tout seul, elle sera si fière de moi qu'elle me choisira entre tous.

Pour l'instant, je suis à peu près seul dans la remorque de ce bus trop matinal pour la transhumance des promeneurs qui ne se rendront que plus tard au bord de la mer. Cette fois, pas de baskets roses pour me rassurer. Deux voyageurs seulement : un jeune homme, crâne rasé, et une femme, un peu moins jeune, avec un livre ouvert sur ses genoux. Dans ma position de chien à terre je peux voir leurs yeux. Ceux du garçon ne regardent rien, semblent au point mort, ni tristes ni même présents, ils se maintiennent seulement ouverts. Rien à voir avec ceux de la femme : dédiés au livre, ils courent d'une ligne à l'autre avec agilité et ferveur. Lorsqu'ils croisent mon regard, le temps qu'une page se tourne, je suis frappé par une lueur intime et passionnée. Moi qui ne peux lire que ce que perçoit mon nez, je me sens frustré du privilège offert aux humains de pouvoir tenir sous leurs yeux le monde entier, passé, présent, et pourquoi pas à venir. Ou de se balader dans l'imaginaire. Car, je le sais, les humains qui écrivent sont capables de créer des mondes qui n'existent pas. Qu'attend donc ce garçon pour découvrir la magie de la lecture, au lieu de se laisser engluer par l'indifférence et noyer par l'ennui?

Pour ne pas avoir le museau trop près des miasmes qui traînent sur le sol, j'ai pris la position un peu solennelle et un brin énigmatique du sphinx. C'est plus précaire en ce qui concerne l'équilibre, mais ça favorise la réflexion.

Le bus roule maintenant tout droit et nettement plus vite. Libéré des complications urbaines, il s'empresse de traverser la plaine d'un seul trait. Il concède pourtant quelques arrêts ici ou là, à un carrefour ou sur la place principale d'une bourgade. Les premiers pins parasols sont apparus, d'abord isolés ou jumeaux, puis en boqueteaux de plus en plus fournis. Plus on approche, plus il semble que la plaine se dilate, avant d'avoir à céder la place à l'immensité de la mer. Nouvel arrêt, cette fois au bord d'un chenal désaffecté. Dès que la porte du bus s'ouvre, mon nez perçoit un air plus humide, sur les ailes d'une petite brise de mer apportant jusqu'ici des senteurs d'algues, de pins, d'écailles de poissons, d'huile de moteur et de ferraille rouillée. Nous ne sommes pas loin du port.

Le bus repart, croise quelques maisons isolées et un garage, ralentit pour passer deux ronds-points, et finalement s'engage, ici aussi, dans une longue allée de platanes au bout de laquelle il s'immobilise à l'entrée d'une place. Le moteur s'éteint, les portes s'ouvrent, je sors derrière la lectrice. Les voyageurs se dispersent, sûrs de leur chemin. Moi je débarque en terre inconnue. J'ai à me situer, car j'ignore quelle direction je dois prendre. Je m'assieds pour faire le point.

Une première évidence retient mon attention : je me suis placé exactement à l'extrémité d'une ombre étroite et allongée qui traverse la place en diagonale, à la manière de la ligne foncée indiquant l'heure sur un cadran solaire. J'y vois un signe. Je la suis des yeux : rien de particulier jusqu'à la fontaine qui marque le milieu de la place. Là, le ruban sombre se modèle comme un tapis sur trois ou quatre marches, puis sur le bassin qu'il partage par son milieu. Il englobe la colonne centrale d'où surgissent les jets d'eau, visibles uniquement lorsque, échappés de la zone d'obscurité, ils scintillent dans la lumière. Plus loin, le ruban presque noir revient à terre et va butter contre le soubassement de ce que je découvre être un phare. Blanc, seul et haut dans le ciel bleu de cette bourgade de bord de mer, où les autres constructions ne dépassent qu'à peine les pins-parasol.

Je traverse la place dans le chemin d'ombre, contourne la fontaine: la lumière me frappe, je réintègre la voie sombre que je suis jusqu'au mur de soubassement du phare. Là, j'identifie la trace de plusieurs représentants de la faune canine locale. Patte levée, je marque en deux jets mes initiales. Au moment où je me résous à ne pas m'attarder pour ne pas perdre le but de ma visite, je tombe sur un message dont je reconnais immédiatement l'auteur, même en l'absence d'hortensia : «Après l'eau, le feu.» J'en remets le décodage à plus tard, car je sens la mer bien plus proche que l'hypothétique solution de cette énigme. Et qui sait? La clé du mystère pourrait bien se trouver dans les découvertes de cette journée qui ne fait que commencer.

Destiné aux marins, un phare doit être visible de la mer. Par conséquent, il voit lui-même la mer. En l'occurrence, ce phare en indique la direction, même pour les chiens visiteurs! Il me suffit d'en faire le tour pour m'apercevoir que mes pattes trouvent un peu de sable sur l'asphalte, et découvrir des bateaux déchargeant des caisses pleines de poissons morts, mêlés à de la glace pilée. Des chariots font l'aller-retour entre les bateaux et les hangars du marché. Ici, les chiens ne semblent pas du tout bienvenus ; je suis chassé par un transporteur, alors que je ne faisais que plonger ma curiosité dans un seau où s'emmêlent des serpents à odeur de poisson, encore lentement vivants.

Je quitte cet endroit presque aussi malsain pour moi qu'il est fatal pour les poissons. Je m'engage sur une avenue s'incurvant vers la gauche dans le vert compact et légèrement bleuté d'une lointaine pinède. Sur sa droite, de belles maisons avec leurs luxuriants jardins où des flots de glycines se précipitent des balcons à la rencontre de spirées enneigées de fleurs. A sa gauche, de petits monticules de sable ocre clair entre lesquels s'en va, ici ou là, un sentier qui serpente entre de rares herbages. J'y reconnais de petits escargots blancs comme ceux que j'avais vus avec Chérie sur les bords du canal. Mêmes escargots d'accord, mais une bien autre aventure. Accompagner ma patronne est certes un plaisir, mais c'est un divertissement qui n'échappe pas à l'ombre portée de la contrainte. Il suffit que Chérie ferme son livre pour que me soit signifié mon devoir et que je me trouve obligé de mettre fin à la conversation entamée avec mon pote ; je suis endigué comme l'eau dans le canal qu'elle m'a fait découvrir. Par contre ici, ce matin, la liberté que je me suis octroyée me porte comme l'eau de la mer au-delà de l'horizon des possibles.

A propos, la mer ne doit pas être loin : quelques coquillages apparaissent sous mes pattes, j'entends comme un bruit de cascade, des senteurs âcres chassent de mes narines l'odeur de poisson qui s'y était installée.

Soudain, inscrit entre deux dunes et la ligne d'horizon, un triangle bleu brillant percute mon regard. Du jamais vu. Un bleu capable de tous les bleus. Un bleu ouvert, immense et fort, antique et prometteur, brossé par le vent, complice du ciel, miroir des nuages. J'en reste une patte en l'air. Puis je traverse les dunes de sable qui s'aplanissent plus loin pour former un immense tapis ocre où les vagues viennent allonger leur crête d'écume blanche et sonore.

Je continue, j'avance, les yeux plissés et les oreilles repoussées en arrière par la brise marine. Je veux aller voir tout près, même s'il ne m'est pas aisé de progresser dans ce sable mou comme de la très fine semoule. Il vaudrait mieux que j'évite de le renifler de plus près, si je ne veux pas voir ma truffe humide enfarinée par cette poudre.

Le bruit de roulement augmente et mes pattes ne s'enfoncent plus, là où le sable est dur, plus foncé, aplani et mouillé chaque fois qu'une vague aînée, plus puissante, pousse sa langue plus loin que les autres. En se retirant le reflux emporte et creuse le sable sous mes pattes. De petits crabes se laissent emmener tandis que d'autres, immobiles et plaqués au sol, attendent que l'eau se replie. Un fois au sec, ils remontent sur leurs pattes, reprennent leur trafic ; ils se déplacent en diagonale aussi irrémédiablement que certains humains pensent de travers. Sans pinces ni pattes, sans leur odeur de poisson et de vase, ils pourraient constituer une friandise alléchante. Mes tentatives d'intimidation par quelques aboiements menaçants n'ont pas plus d'effet sur eux que sur le mouvement des vagues. Tous deux appartiennent au monde de la mer, un monde aussi sourd que puissant, mystérieux et fascinant.

Je n'ai aperçu personne et pourtant j'entends derrière moi tinter des grelots. Un groupe marche le long de la plage : deux hommes, deux femmes, un jeune garçon avec son tambourin et un singe en laisse. Je m'assieds en retrait, sur le sable sec. Ils passent devant moi, indifférents. Ils se dirigent vers le phare. Lorsque je ne distingue presque plus le singe, je me laisse aller à la curiosité de les suivre.

En chemin, je musarde un peu ; je m'attarde et me plais à trottiner le long du rivage. De temps à autre, je concède un écart pour éviter l'avant-garde des vagues les plus vigoureuses. Tiens, deux méduses échouées. Je ne comprends pas comment fonctionnent ces gélatines flottantes, en vérité assez dégoûtantes. En quoi une telle bizarrerie a-t-elle bien pu contribuer, si peu soit-il, à faire émerger, au cours de l'Évolution, des créatures aussi élaborées et subtiles que le chien et ses compagnons humains?

La surface de la mer n'est que le visage mouvant qu'elle offre au ciel et au vent, ne laissant en rien présumer de son monde intérieur, de la vie dans ses profondeurs. Immatérielle comme son reflet, la surface de l'eau est pourtant une barrière infranchissable, tant pour le regard d'un chien sur la plage que pour tous les poissons qui ne savent rien de la neige ou des étoiles, ni même des vagues et des pinèdes, pas plus que de la rapidité du léopard, de la douceur du miel, de la complicité des chiens et des hommes, ou du sourire de Chérie. Même un type comme Albert est pour eux inimaginable.

Le tumulte s'est installé sur la place : les saltimbanques ont pris pied sur les marches de la fontaine et les curieux affluent dans la gaieté, l'œil allumé à l'idée que leur quotidien pourrait connaître ce matin une embellie du côté de l'insolite ou du merveilleux.

L'ombre du phare a quitté le centre de la place et la fontaine.

Chacun hèle ses amis, les enfants sont aux premiers rangs, les femmes arrangent leurs cheveux, les vendeuses de poisson enlèvent leur tablier et les saltimbanques se mettent en train : l'un jongle avec des oranges, l'autre déballe des instruments étranges, et les deux jeunes femmes s'habillent mutuellement façon gitane. En guise d'enseigne, le jeune garçon fait le tour du bassin sur les mains. Déjà les premières barbes à papa apparaissent aux mains des enfants, bientôt suivies d'une envahissante odeur de saucisses grillées. Seul le singe, assis sur une marche un peu à l'écart, ne semble pas concerné par l'atmosphère de fête qui gagne la place. Il s'épouille avec sérieux et méticulosité, en attendant d'avoir à faire ce qui n'est pour lui que routine, obligation pour recevoir sa pitance. Je le plains, et je l'admire, moi qui n'ai jamais rien dû faire pour remplir ma gamelle. Sans compter qu'asservi à son rôle ancillaire, il n'a certainement jamais le loisir de s'offrir le tour de son quartier...

Si je ne m'étais pas laissé aller à goûter l'eau de la mer je n'aurais pas sur la langue cette amertume affreusement salée : j'ai trop soif. Je rejoins la fontaine et pose mes pattes avant sur le bord du bassin. La pierre est déjà chaude, mais l'eau demeure si fraîche et si propre dans le granit sombre qu'elle me ravit jusqu'à me ravigoter. Entre deux roulements de tambour, le jeune garçon annonce quelque chose qui concerne un certain Zacharie et son sabre. Je prends mon temps, tout à ma délectation de boire. Quand je relève le museau, je n'en crois pas mes yeux : l'un des saltimbanques, celui qui a de belles moustaches à l'ancienne, est en train de s'enfiler un sabre dans le gosier. Tête renversée, il le pousse lentement en roulant de gros yeux exorbités. La petite foule fait silence et le clocher donne les douze coups de midi. Tandis que sonne l'Angélus, le bonhomme retire le sabre avec mille précautions plus ou moins simulées, finit par l'extraire, sourit à ses admirateurs puis tire sa révérence sous le crépitement des applaudissements. Nouveau roulement et nouvelle annonce, pendant qu'une des deux jeunes femmes, accompagnée du singe, fait un premier tour de sébile. Suit un numéro de jongleries et d'acrobaties, exécuté par l'homme qui n'a pas de moustache, accompagné des deux femmes. Pas bien passionnant, d'autant que, débarrassé de ma soif, je ressens maintenant une faim lancinante, exacerbée par les odeurs de saucisses grillées. Je retourne au pied du phare et, de là, je rase les murs, comme un chat aux plus chaudes heures de la journée, m'approche et me glisse derrière le stand du marchand de saucisses. Nouveaux applaudissements, nouveau roulement de tambours pour l'annonce suivante. Cette fois, ce sont les femmes qui dansent au rythme du tambourin et au son d'un accordéon. Le marchand de saucisses est un gros rubicond, genre pilier de taverne, bedonnant mais enjoué. Il lâche sur son grill une poignée de saucisses dans le désordre, puis sort de derrière son stand. Moi, j'ai vu, sous l'étal, le grand bac recouvert d'un torchon dans lequel il a plongé sa main. Lui s'avance encore, fasciné par la silhouette des jeunes femmes animées comme les flammes d'un feu de campagne. Moi, j'ai tout mon temps : son regard ne quittera pas la portion de chair ondulant autour du nombril des danseuses, entre leur ceinture basse ornée de grelots et le nœud des pans de leur blouse. Tout tranquillement, je saisis le drap entre mes dents, le tire de côté, plonge mon museau dans le bac et attrape une saucisse. Un gamin m'a vu, mais ne dit rien : il sourit, il sait que nous avons à peu près le même âge. Je retourne dans l'ombre protectrice du phare, le gros n'a rien remarqué. C'est bien mon jour de chance : à la saucisse que j'ai entre les dents en est attachée une seconde, identique. Elles sont donc fabriquées par deux, pour qu'en dégustant la première je puisse me réjouir de m'occuper de sa sœur. Pourquoi ce type s'obstine-t-il à vouloir griller ce qui est si bon sans cette complication? Nouveau tour de sébile et nouveau boniment sur roulement de tambour, cette fois au sujet de Gédéon et d'une histoire de feu. Silence. Du coin de l'œil, par-dessus ma saucisse, je vois le non moustachu allumer, avec son briquet, un tampon d'étoupe piquée à la pointe du sabre. Il débouche un flacon, s'octroie une grande rasade, ouvre la bouche comme une gargouille et crache un nuage de feu. Il répète cette bizarrerie deux ou trois fois, puis profite des applaudissements pour faire signe au garçon et au singe : la sébile circule à nouveau dans les rangs. En me rappelant le message que j'ai trouvé ici en arrivant «Après l'eau, le feu», ce dragon de carnaval me fait comprendre que je suis sur la bonne piste. Reste à trouver l'indice suivant.

Je gamberge, mais les effets de la digestion me rendent somnolent et bientôt apathique, au point que, le museau sur les pattes, je m'endors, de ce sommeil diurne qui affleure l'inconscient, mais demeure léger, habité de rêves conjuguant le bien-être de mon estomac au désir qui aiguillonne mon entrecuisse. Et qui finit par me réveiller. Ma conscience retrouvée me restitue la réalité : partis déchirer ailleurs la monotonie quotidienne de quelques autres badauds, les saltimbanques ont rendu la place à l'éclat exclusif du soleil. Désemparé, je m'accorde quelques coups de langue bien choisis. «Après l'eau, le feu.» Ma logique de chien me dit d'aller renifler l'endroit où se tenait le cracheur de feu. Sur la première marche des escaliers de la fontaine, un nouveau message. A son épicentre, un petit amas d'aiguilles de pin. Je m'assieds. Sans bien savoir pourquoi, je réfléchis moins bien debout, ce qui semble être vrai aussi pour les humains. Le nombre de pattes n'a rien à y voir. Le cul bien calé, le bipède comme le quadrupède se donnent l'impression d'avoir résolu une partie du problème, au moins celui de son équilibre. Dès lors, il se sent plus disponible pour mener une réflexion systématique et approfondie. Mêlé aux aiguilles de pin, le message est clair : «Après le feu, l'ombre».

Cet indice, et le substrat auquel il est lié, font référence à l'ombre des pins maritimes et non à celle du phare. Celle-ci continue à se déplacer sur le pavement de la place, en s'éloignant de la fontaine. Cette énigme n'est guère soluble dans les éléments d'observation dont je dispose ici, étant donné qu'il n'y a pas plus de pins sur cette place que de lunettes de soleil sur le nez d'un nouveau-né.

A moi maintenant de débusquer cette chienne à laquelle je rêve de me coller comme un aimant. Quelle imagination pour se faire désirer!

Je m'engage dans l'unique rue qu'elle m'a désignée en apposant sa marque sur les deux bornes de granit qui empêchent les voitures d'envahir la place réservée aux piétons.

L'avenue est rectiligne, peu fréquentée à cette heure de l'après-midi. Les rideaux des boutiques et des magasins sont tirés. Les ombres se tiennent courtes et les terrasses de cafés sont désertes. Le silence ne semble que tolérer, ici ou là, le passage d'une moto, le cri d'une mégère, une chanson échappée d'un poste de radio ou, plus loin, la voix d'une jeune femme chantant une berceuse. Le sable des trottoirs ombragés par de jeunes eucalyptus est moins chaud à la patte que l'asphalte de la rue frappé par le soleil. A chaque carrefour, il me suffit de renifler le pied des eucalyptus pour comprendre que c'est toujours tout droit.

Longtemps je trottine, m'empêchant toutefois de courir pour ne pas rater un signe ou une balise odorante. Au fil de cette sorte de GPS canin, je sors du bourg. L'asphalte s'arrête net, et la voie dès lors sablonneuse n'est plus rectiligne. Je quitte ici l'urbanité des humains. Je pénètre dans une nature inconnue, non domestiquée par les jardiniers municipaux et, qui sait, peut-être même sauvage.

Les bruits me paraissent plus présents, plus intenses : craquements de troncs, bruissements d'insectes au sol, frémissements des frondaisons brassées par le vent. Je suis totalement seul. Je sursaute lorsqu'un gros cône tombe devant ma truffe sans rebondir, amorti par les aiguilles de pins. Dès qu'il s'immobilise, je le renifle bêtement, comme si un message pouvait me tomber du ciel ! Je me sens non seulement seul mais ridicule ; l'impression de ne voir personne n'exclut pas d'être observé à mon insu. Pour des raisons que j'ai déjà commentées précédemment, je m'assieds, et réalise alors que tout ne m'est pas étranger ; je reconnais le bruit de la mer derrière les dunes que j'entrevois entre les troncs. Bizarres ces troncs de pins, jamais aussi droits et verticaux que ceux des peupliers, mais inclinés dans tous les sens, comme s'ils étaient plantés dans les vagues qui ondulent à perte de vue. Entendre la mer ne suffit pas à me rassurer, je veux sentir l'air qui s'est frotté à ses embruns, j'éprouve le besoin de la revoir, de m'en remplir les yeux. Je m'élance vers les dunes.

Souveraine et scintillante, elle barre tout l'horizon.

Noire, racée, élégante et fine, inégalable dans son port de tête, je la reconnais instantanément. Dos à la mer, elle me regarde, prend son élan, mais se rassied en amenant sa croupe tout près de ses pattes avant. Elle sait que cet instant est aussi irrévocable que porteur de son destin. Elle a conscience que les circonstances « où une décision capitale se condense en un seul jour, une seule heure, et souvent une seule minute, sont rares dans la vie d'un individu ».

Le vent du large pousse vers la plage un unique petit cumulus blanc et rondelet, comme échappé d'une bonbonnière. Il traîne avec lui sur la mer son profil bleu foncé, bientôt strié par l'écume des vagues. En passant, il nous englobe tous deux un instant dans la fraîcheur de son ombre. Dès qu'il nous restitue le soleil, nous nous rejoignons dans un tourbillon de sable. Truffes à bout touchant, nous mêlons nos souffles, nos regards. Je passe ma patte sur son encolure, elle colle sa tempe à la mienne, nous roulons sur le sable, puis elle se relève, se retourne et pisse comme je l'espérais. A peine le temps de la renifler, d'en lécher une goutte et la voilà qui détale en jappant. Elle remonte vers les ombres rondes et violacées des pins. Mon entrejambe s'affole.

Elle me racole et je raffole
De ses babioles et cabrioles
Folle farandole sans paroles
Je caracole, elle batifole.

Paraboles et hyperboles
Tournesol et rossignol (bis)

Pas d'école ni de boussole
Pour cet envol sans protocole
Pour cette idole, mes roubignoles
Et pour ma fiole, son alvéole.

Caramboles et gaudrioles
Girandoles et fariboles (bis).

Nous sous sommes quittés à l'instant où le soleil couchant est venu toucher la sinueuse crête des dunes.

NOUVELLE RENCONTRE

Dos à ce soleil couchant, je marche en direction du bourg. Le ciel vire au turquoise. Sur l'horizon, quelques nuées retiennent une lumière encore dorée. Les quartiers résidentiels restent silencieux, sur leur réserve bien rangée. Plus loin, à mesure que je me rapproche du centre, la foule des promeneurs qui égaie le *lungomare* me rappelle que nous sommes samedi. Des enfants, habillés de propre, courent entre les rangs de familles déjà presque endimanchées, certains poussant un cerceau, d'autres sur une planche à roulettes, quelques-uns à vélo ou patins aux pieds. Les marchands de glaces ambulants n'ont guère à trimbaler leur triporteur à l'effigie de coq, de dauphin ou de sirène : ils sont immobilisés par tous ceux que le désir d'un *gelato* a agglutinés autour d'eux. A l'entrée des bistrots, des groupes d'hommes palabrent. Des banderoles d'odeurs de grillades ou de fritures sont accrochées comme autant de boniments aux enseignes des restaurants. Les terrasses se remplissent.

Pour une fois, je ne cède pas aux tentations de mon odorat. D'abord intrigué, je suis bientôt captivé par la mélodie qui provient de la terrasse d'un restaurant donnant sur la mer. Je sens qu'il se passe quelque chose d'insolite et de palpitant dans ce caboulot. J'emboîte le pas à un couple qui s'y rend, enlacé et déjà chaloupant au rythme de la musique. Elle, emmenant autour de son corps une robe blanche en forme de corolle de liseron. Lui, grand, cheveux noirs, chemise noire, pantalon noir et souliers noirs brillants.

Sur cette terrasse, je n'apprécie guère le fin gravier qui s'insinue entre les coussinets de mes pattes, comme des cailloux dans des chaussures. J'évite ce désagrément en restant en retrait, assis sur le sable.

Les nouveaux venus tirent leur chaise très doucement ou la soulèvent pour ne faire aucun bruit. La musique a vaincu les conversations, tous semblent inclus dans un même bien-être partagé. Chaque fois que les musiciens jouent piano, le bruit des vagues se surajoute au rythme de la musique.

La lumière du jour a commencé à se cacher dans les voiles de l'obscurité. Les musiciens se tiennent sur la petite piste de danse, au milieu de la terrasse. Espadrilles, pantalons de toile et maillots de corps moulant leur thorax dans de larges rayures transversales, ils sont cinq. Deux portent le chapeau. J'en oublie que je devrais être rentré. En ce moment, l'important est que cette musique continue. Je m'en aperçois lorsque les musiciens cessent de jouer. Les applaudissements ne se font entendre qu'après un long silence, le temps pour chacun de sortir de l'envoûtement et pour le sortilège de s'envoler dans le soir. Le soir qui recouvre la mer. Les cinq plient leurs lutrins, rangent leurs instruments, et s'en vont boire un coup au bar. Les conversations s'installent mollement, comme si elles avaient à s'émanciper du cocon dans lequel les aurait emmitouflées le charme de cette musique.

C'est l'instant que choisit une grosse, une énorme pleine lune rousse pour sortir de la mer. Tous les humains aiment la lune. Ils la savent fidèle en toutes saisons, et modeste au point de ne jamais contraindre les nuages à passer derrière elle. Bienveillante, elle a une place de choix dans les récits imaginés pour les enfants.

Emu par la solennelle splendeur de l'ascension de l'astre, un vieux, barbu et chenu, se lève et enlève sa casquette. D'une voix rauque et forte, il fait taire tout le monde et rend hommage à la lune. Puis, en silence, il remet sa casquette et se rassied, mais aussitôt se relève, lorsque le patron vient lui donner une accolade qui déclenche un tonnerre d'applaudissements.

Le disque roux s'est complètement dégagé de la mer sur laquelle il lance un rai de lueur trémulante. On allume les lumières. Les sommeliers noirs à tabliers blancs envahissent la terrasse tels un vol de pies.

C'est à ce moment que j'aperçois les baskets et les jeans de mon pote.

Il est assis, seul, à une petite table prévue pour deux personnes, derrière la piste de danse. Jambes croisées et appuyé au dossier de sa chaise, il est absorbé dans la lecture de feuillets qu'il sort du sac de toile dans lequel il avait rangé son ordinateur lors de notre précédente rencontre. De temps à autre il décroise les jambes, se penche sur la table, repousse son couvert, pose ses papiers et écrit quelques notes. Parfois, sa main suit un mouvement rectiligne qui me fait penser qu'il trace des portions de phrases avant d'inscrire une modification, qui sait, plus compatible avec son humeur. Rarement il fronce le sourcil, puis soulève à peine ses paupières ou la tête pour reprendre sa lecture plus haut sur la page. Il arrive même qu'un léger sourire traverse son visage et s'arrête un instant sur ses lèvres. Par moments, son regard abandonne la lecture et ses yeux immobiles, sans se poser sur un objet précis, semblent voir les images formées dans son esprit par ce qu'il vient de lire. Peut-être les confronte-t-il à celles de son souvenir. La dernière fois que je l'ai vu, dans les jardins du canal, il écrivait dans son ordinateur – à mon sujet, d'après ce qu'il m'a dit. Maintenant le voici qui lit. Est-il toujours occupé à écrire ou à lire, ou cette manie le prend-elle uniquement lorsqu'il pense à moi?

Le garçon lui apporte une flûte de champagne. Je m'allonge au sol, dans la pénombre. Sans qu'il me voie pour le moment, je veux l'observer, en savoir plus, essayer de comprendre ce qu'il espère. Et puis, je suis certain qu'il attend quelqu'un. Le restaurant me semble plein. Ainsi, lorsqu'une femme et son parfum passent à côté de moi pour accéder à la terrasse, je suis pratiquement certain qu'elle va se diriger vers lui, qui a vidé son verre et lit toujours.

Bien vu. Il l'a repérée, son visage s'éclaire. Il se lève, sans s'apercevoir qu'il fait tomber son stylo. Elle lui fait face. Au moins aussi appétissante que Chérie mais brune, un peu moins jeune, cheveux bouclés, très souriante, très présente. Il pose les mains sur ses épaules, l'embrasse comme une sœur, fait un signe au garçon et dégage la seconde chaise en la tirant en arrière. Elle s'assied. Il reprend place sans la quitter des yeux. Un sommelier mince et agile, façon danseur de tango, pose entre eux un plateau argenté et deux flûtes de champagne. Tout en parlant, elle soulève son cartable qu'elle avait laissé à terre contre un pied de la table. Elle le pose sur ses genoux, s'apprête à faire le geste de l'ouvrir, mais une bouffée de rire l'interrompt : ses dents brillent, très blanches. Il saisit un verre, le lui tend et prend l'autre. Tous deux boivent une première gorgée, presque simultanément. Il lui parle en reposant son verre tandis qu'en l'écoutant elle garde le sien, un peu penché dans sa main. Elle revient à son cartable, mais le garçon lui tend la carte. Elle la prend, la repose sans la consulter, et acquiesce de la tête à ce qui est vraisemblablement une suggestion du serveur. Il semble donc qu'elle soit une habituée de ce restaurant, voire de ces rencontres avec mon pote. Ils trinquent à nouveau. Finalement elle ouvre son cartable, y plonge sa main qui m'envoie l'éclat d'un brillant et en retire un paquet de feuilles de papier. Elle les lui donne en lui faisant remarquer quelque chose sur la première page. Tandis qu'il les range dans son sac de toile, à côté de son ordinateur, elle prend le paquet qu'il avait laissé sur la table. Elle le tourne sur la tranche, fait mine de s'étonner de son épaisseur, puis le glisse dans son porte-documents. Le service a l'air de savoir qu'il convient d'attendre la fin de ce rituel d'échange pour apporter les plats. Dès que les papiers ont disparu, les garçons s'empressent.

Le moment est arrivé de me manifester et de tester l'altruisme de ces mangeurs de moules ; j'ai digéré mes deux saucisses depuis longtemps. Pour ne pas avoir l'air d'un intrus et ne pas risquer de déclencher un esclandre avec un éventuel clébard, trop minus pour que j'aie pu le repérer, je fais le tour de la terrasse par l'extérieur.

J'y suis. Elle porte de fines sandalettes à talons étroits, couleur framboise écrasée, très ajourées. Peau mate et pantalon noir. Il faut que je trouve un prétexte, mieux, un stratagème, pour entrer en matière. C'est là que je me souviens qu'en se levant pour accueillir Madame, il a fait tomber son stylo. Il me suffit de programmer mon odorat sur l'odeur de plastique et d'encre pour que ma truffe entre en contact avec l'objet, juste à côté des sandalettes. Je le saisis entre mes dents. Je m'assieds, lève la patte, bien entendu avant, que je pose sur la cuisse de Monsieur. Un peu lourdement afin qu'il ne pense pas qu'il s'agit simplement de sa serviette en train de glisser. Du reste elle est déjà par terre.

– Tiens, voilà Duchien ! Et avec mon stylo ! Merci ! Sido, je te présente Azarféchien, celui qui surgit chaque fois que je perds quelque chose.

– Bonjour Belazar ! me lance-t-elle. Et bravo ! Quel bonheur ! Grâce à toi, voilà Monsieur le plumitif enfin capable d'accorder son attention à d'autres êtres que les éditeurs, les critiques, les intervieweurs... Sans compter tous ses admirateurs organisés en fan-clubs – excuse-moi, mon cher – souvent bébêtes ou hystériques !

– Si tu veux. Mais regarde-le, Sido, c'est bien lui, c'est le chien qui... Écoute, il y a quelques jours déjà, il m'a suffi de penser à lui pour qu'il apparaisse. Et pas dans mon imagination ! En vrai ! Comment dire ?...

Si j'étais un berger grec tombé de la mythologie, je me demanderais si ce chien n'est pas l'avatar d'un Hermès porteur de messages qu'il me resterait à déchiffrer.

– Je vois... Disons que tu n'hésiterais pas à nommer Synchro ce hasard à quatre pattes… Toi, Barthy, l'intello, tu aurais été touché par le regard d'un chien? Au point de déplier tes antennes à la recherche d'idées rafraîchissantes?

Très perspicace cette Sido. Je sens que c'est à la fois une raffinée et une gourmande, rapide, sensible, et sans doute à portée de ma séduction même si, tout chien que je suis, il ne m'est guère possible de flatter les trésors de son intelligence.

Le garçon débarrasse les coquilles de moules et apporte le plat suivant : osso buco. C'est ma chance, car dans l'esprit des humains l'association os-chien est un engramme systématique, universel et indestructible. En effet, Sido, chez laquelle cette notion est aussi solidement ancrée qu'une noisette dans du nougat, ne tarde pas à déposer entre mes pattes un bel os à moelle encore largement garni de viande. Elle se relève, son regard croise le mien, elle comprend instantanément que je lui suis reconnaissant, et d'un sourire net et rapide elle me souhaite bon appétit. Elle fait signe à un garçon et lui montre qu'il y a là, à côté d'elle, un chien à nourrir. Quelques instants plus tard, ledit garçon pose devant mes pattes une gamelle pleine de restes de repas et de déchets carnés, en partie crus, en partie cuits, qui me font faire le tour de la carte. Lors de son passage suivant, le serveur m'apporte même une écuelle d'eau claire.

Nous mangeons.

Les deux reprennent leur conversation qui passe, au propre comme au figuré, largement au-dessus de ma tête. De toute façon, le malaxage des os assaille le crâne du chien de tant de fracas qu'il est totalement illusoire de vouloir suivre une conversation. Eux attendent un dessert, alors que pour moi, qui me sens aussi repu que fourbu, le meilleur des desserts est de me coucher de tout mon long. Le ton est festif, tous les convives sont détendus et heureux d'être réunis pour rire, se brocarder, et se plaire.

J'entends mon pote se demander comment il peut se faire que je sois ce soir dans ce bistrot de bord de mer :

– Il habite en ville. Je le sais, puisque c'est dans le jardin municipal qu'il est venu à ma rencontre la première fois. Un jour, je l'ai même suivi, en fin d'après-midi entre chien et loup, et je l'ai vu entrer dans un immeuble du quartier des Arcades.

– Et alors ? lui répond Sido, ses maîtres qui résident dans ce quartier si huppé des Arcades ont probablement une maison ici sur la plage. Ils l'auront pris avec eux pour le week-end.

– Ça m'étonnerait. Vu que je sais aussi que ses patrons sont en fait une patronne, une très jolie blonde. Sûr que si elle possède quelque chose, c'est certainement pas une propriété ici. Ce serait plutôt l'onde de charme qui la précède... Ou le parfum de séduction qui la suit.

– Oh là, mon cher! Je vois que tes antennes sont déjà saturées par cette gourgandine, cette effeuilleuse bien trop occupée à faire tourner les girouettes pour savoir apprécier un endroit comme celui-ci, à l'écart des stéréotypes de la mode, un peu désuet et dont le charme n'a rien à voir avec la vulgarité d'une blonde aguicheuse!

– Ne t'énerve pas, Sido! Tu as peut-être raison... Mais ça ne m'explique toujours pas comment ce chien baladeur se trouve ici.

– Eh bien, demande-le lui! Puisque vous vous connaissez.

Pour lui faciliter la tâche, je secoue ma somnolence, m'en extrais et m'assieds, prêt à l'épreuve de questions auxquelles je vais devoir répondre à sec, sans lever la patte. Dans l'idée d'atténuer en quelque sorte la barrière des espèces, je pose mon museau sur son blue-jean, et je lève les yeux avec un air d'ingénue humilité.

– Alors, Lechien, dis-nous comment ça se fait que tu sois ici ce soir, si loin de ton quartier.

Je remue un peu la queue pour bien faire comprendre que j'ai saisi le sens de la question et allume mon regard d'une lueur de connivence lui indiquant qu'il a toute mon attention. L'amitié et la complicité faisant le reste, il comprend que, privé d'un langage, je ne peux espérer répondre que par oui ou par non.

Sa question m'indique que ça pourrait marcher:

– Dis-moi un peu, c'est ta patronne qui ta amené ici? En voiture?

Il faut que je puisse répondre par la négative et, à défaut de pouvoir le dire, il faut que je m'arrange pour le signifier en faisant le geste de la tête qui exprime le non.

La planche de salut m'est tendue par une puce. Une puce qui, un beau jour, avait eu la perfidie de se loger sous mon collier, dans un endroit où ni ma langue ni ma patte ne pouvaient la déloger. La seule et unique manière de me gratter était d'effectuer des rotations de la tête, entraînant le pelage de ma nuque à se frotter contre mon collier. Alors que je me livrais à ces contorsions, j'observai, dans le reflet de la vitrine d'un fleuriste, que j'imitais ainsi le mouvement de tête qu'exécutent nos chers maîtres à deux pattes pour dire non.

Sido a perçu l'effort, pour ainsi dire surhumain, que je m'impose. Alors elle m'encourage, pose sa main sur ma tête, une main légère, compréhensive et secourable, une main de femme qui sait la force de la patience. Moi, je pense très fort à la démangeaison que m'infligeait cette saleté de puce. Je me concentre. Pour m'aider à initier le mouvement, j'ai la bonne idée de frotter le sommet de mon crâne contre la paume de la main de Sido… et voilà que ça marche : je hoche la tête, donc je dis non: «Non, je ne suis pas venu ici avec Chérie. Non je ne suis pas venu en voiture, non».

– Regarde! s'enthousiasme Sido, il te répond et il te dit clairement non.

Maintenant que j'ai trouvé le truc, je peux le refaire. Sûr de moi, je regarde mon pote bien droit dans les yeux. Et j'attends.

– Tu me plais, Duchien, me dit-il avec un grand sourire et un éclair de fierté dans les yeux. Tu es attentif, tu t'occupes de moi. L'autre jour, c'était pour récupérer ma casquette, ce soir tu retrouves mon stylo. Et maintenant, je m'aperçois que, si je te pose bien mes questions, tu peux même me faire la conversation.

– Tiens, étrange, son poil est plein d'aiguilles de pin sèches collées par de la résine! Il sera allé batifoler dans la pinède. Beau et alerte comme je le vois, il y aura emmené ou trouvé en chemin la meilleure des raisons de se rouler par terre.

– Attends, Sido, tu vas le perturber, et moi aussi, avec tes souvenirs de pinèdes.

– Comme tu voudras... Alors voyons s'il est aussi capable de répondre par l'affirmative.

Aïe ! Voici une nouvelle embrouille. Je fais mine de regarder ailleurs, puis tente de faire diversion ; je me contorsionne, me montre accaparé par une impérative servitude canine nécessitant toute mon attention. Une fois bien gratté, je me lève pour me rapprocher de l'écuelle. Je bois en m'efforçant de faire le plus de bruit possible, ce qui n'empêche pourtant pas la question si redoutée de tomber :

– Attention Lechien, écoute et réponds-moi par oui ou par non. Tu dois rentrer en ville, ce soir, chez ta patronne ?

Aucun problème pour dire oui. J'y ai pensé en buvant ; les circonstances dans lesquelles je serais amené à baisser et relever successivement la tête sont nombreuses, mais certaines trop canines pour être décrites ou simplement avouables. Je commence par fixer un genou de Sido. Puis, sans m'attarder sur le pantalon, je plonge du chef vers le bas pour regarder la sandale framboise écrasée et je recommence quelques fois. Et voilà, je me fais bien comprendre.

– Et qui donc va te ramener ?

– ...?!

Cette question étant mal posée, incompatible avec une réponse binaire, je n'y réponds pas. Mon silence, associé à un léger haussement de sourcils, signifie « ni oui, ni non», autrement dit «je ne sais pas, je suis embêté».

– Il n'en a apparemment aucune idée, conclut la perspicace Sido. Il ne sait pas comment rentrer chez lui.

Je réalise tout à coup qu'elle a raison, qu'il est assurément trop tard pour un bus. Ma patronne ne me trouvera pas en rentrant. Totalement inimaginable! Il est exclu que Chérie s'énerve, pire, qu'elle se fasse du souci à cause de moi. Je dois trouver un moyen de retourner en ville. Ce soir même. Mais comment?

Impossible d'améliorer mes capacités de réflexion en m'asseyant, puisque je suis déjà assis. Alors je me lève et me secoue comme si je sortais de l'eau : en vain. Je me passe la patte droite sur le museau : inutile. Je fais un tour sur moi-même et me rassieds : inefficace, je n'ai vu que le bout de ma queue, mais pas le début de la moindre solution à mon problème. Je regarde Sido : elle mange distraitement son dessert et réfléchit, mais peut-être à toute autre chose qu'à moi.

– Et si on le mettait dans le dernier train, juste après minuit? hasarde-t-elle.

Effrayé sans pouvoir le faire comprendre, j'émets le grognement menaçant du chien décidé à se défendre. C'est que j'ignore tout des trains, et les gares riment pour moi avec cauchemar. Mon copain, heureusement, n'acquiesce pas à cette proposition. Il réfléchit en buvant son café.

Je sens qu'il cherche la solution qui lui conviendrait s'il se trouvait à ma place. Alors j'ai l'idée de me mettre à la sienne et là, moi, je sais instantanément ce que je ferais si j'étais lui.

– Je ne vois qu'une solution, dit-il, et c'est la meilleure parce qu'elle me plaît.

– Mieux que le train?

– Voyons, Sido, on va pas renvoyer Duchien chez lui comme un colis lancé dans un train! Pas question. Lui et moi, on fait la paire, on se connaît. A le regarder en ce moment, je suis certain qu'on pense tous les deux à la même solution.

– Si tu en es si sûr, il ne te reste qu'à lui demander si vous êtes bien d'accord. Regarde, il n'a d'oreilles que pour toi. Il attend ta question comme s'il la connaissait.

– Écoute, Lechien, moi je dois retourner en ville tout à l'heure. Tu viendrais en voiture avec moi?

Ça y est. Lui et moi, en s'imaginant à la place l'un de l'autre, nous avons pensé la même chose. Je m'empresse de dire oui de la tête sans même avoir besoin du genou ni de la sandalette de Sido. Mais mon acquiescement ne me suffit pas, je veux montrer mon enthousiasme. C'est facile pour un chien. J'envoie un jappement jubilatoire, et laisse à ma queue la liberté de dessiner dans l'air un feu de joie, puis je pose mon museau sur la cuisse de mon pote.

– Bravo ! Vous faites en effet une belle paire, tous les deux. Moi, je vais rentrer. Je suis très impatiente de lire les pages que tu m'as données ce soir.

La messe est ainsi dite. Nous ramenons Sido chez elle, quelques rues seulement derrière le phare.

RETOUR ENSEMBLE

Il m'a fait monter derrière. Pourtant, après le départ de Sido, il n'émet aucune objection lorsque je me faufile entre les dossiers des sièges avant et m'installe à côté de lui.

Couché en boucle, bien à plat pour me sentir stable dans les virages, je suis détendu, confiant, heureux. Jamais tant de bonheurs ne me sont arrivés en une seule journée : oser l'aventure du bus, me débrouiller en territoire inconnu, voir la mer pour la première fois, puis un spectacle de saltimbanques assez réussi pour distraire un vendeur de saucisses qui ignore s'en être fait piquer une paire. Mais surtout, retrouver ma chienne toujours espérée, et lui mettre en route la plus belle des descendances – foi de souvenir de pinède au printemps ! Voir ensuite des musiciens faire sortir la lune de la mer, dialoguer avec des humains, et finalement me trouver là, avec Barthy, dans sa voiture. Un homme aurait-il fait mieux ? Autrement ?

Tout est éteint sur la route. Le moteur ronronne régulièrement. Barthy bâille à plusieurs reprises. De temps à autre les phares d'une voiture qui nous croise éclairent le plafond de l'habitacle. Parfois j'entends qu'il s'agit d'un camion.

– Si ça ne t'ennuie pas, j'allume la radio.

Pour lui faire comprendre que ça m'est égal, je ferme les yeux et j'aplatis mon museau sur le siège. Message reçu. La musique qui s'écoule du poste est grandiloquente, compliquée par l'intervention de voix qui se veulent héroïquement puissantes.

– A voir tes oreilles plaquées en arrière, je suppose que tu n'es pas plus amateur que moi de la musique de Wagner.

– ...

– Si je peux te rassurer, j'ai lu quelque part que, parmi les connaisseurs, ceux qui n'aiment pas Wagner sont ce qui se fait de mieux. Plus féroce, un autre aurait dit qu'au fond la musique de ce Richard pourrait être meilleure qu'il n'y paraît à l'entendre. C'est vache, non?

– ... ...

– Bon, je change de station. Voyons... Ah! *Radio Destin*, voilà. On y entend de bonnes histoires, souvent complètement dingues, mais toutes pour dire que non, ah non, personne ne peut biaiser avec le destin!

– ... ...

– Tu entends, Lechien, rien n'influencera ta destinée pas plus que la mienne. Jamais nous ne pourrons les échanger.. Surtout si elles sont identiques comme en ce moment.

L'histoire contée par *Radio Destin* est peut-être bonne mais la voix est bien monotone pour qui, comme moi, tombe de sommeil. Je me laisse aller. Barthy conduit, bien éveillé, comme mon cerveau qui ne s'endort jamais, puisqu'il me fabrique des rêves.

Durant le reste du trajet, je somnole entre deux os avec, sur ma nuque, la main chaude, tantôt frémissante, tantôt plus lourde de mon ami l'homme.

MAIS ENCORE

Cet homme, c'est moi. La nuit, en voiture, main gauche sur le volant, l'autre sur le chien. Contrairement à ce qu'il pense, ce chien n'est pas là fortuitement. Moi non plus. L'apparent hasard de notre rencontre n'est que la réponse aux nécessités de ma propre histoire.

Je m'appelle Bartolmeo : Barthy, Barto ou Barth, selon les latitudes, les continents ou au gré de la couleur des souvenirs.

Avec mes quarante-cinq ans, on m'a dit que j'avais dépassé le milieu de ma vie, franchi une sorte d'équateur entre le pôle de la naissance et celui de la mort. Moi je le sens autrement : le milieu de ma vie n'est pas un âge arithmétique. Il est la ligne de convergence, la nervure où mes désirs atteignent les bonheurs venus à leur rencontre. Il y en a eu beaucoup, certains fugaces, d'autres embaumant pour toujours, quelques uns à fleur de peau, d'autres encore au goût de fraise, lévitant en pleine félicité, enturbannés d'arcs-en-ciel ou de nuits étoilées.

Et maintenant ce chien confiant, endormi sous ma main ! C'est bien le plus inattendu de mes bonheurs.

D'autant qu'il n'est pas venu répondre à une attente, mais plutôt à une lassitude accumulée au cours d'années vouées à l'imaginaire de mes livres raconté pour séduire, intriguer, ou donner à espérer. Toujours par le biais virtuel de la fiction, toujours par le truchement des mots comme autant de feuilles sur les ramures d'autant d'idées.

Lui, le chien, c'est au contraire en chair et en os qu'il débarque dans mon existence, fringant derrière ses beaux yeux. Vivant et bien réel. Même si, en le voyant répondre à mes questions, je me suis demandé si je ne rêvais pas. Tiens, le voilà qui grogne, se tourne sur le dos, les quatre pattes en l'air. C'est donc lui qui rêve. Moi je lutte contre le sommeil sur cette route toute droite. Je lui caresse le ventre et il me répond en baillant, puis se remet en boule, le museau enfoui entre ses pattes.

Jamais je n'ai eu de chien. Jamais je ne me suis intéressé à ces créatures que je considérais comme névrosées et névrosantes. Jamais je n'aurais pensé tomber un jour sous le charme d'un de ces invétérés pisseurs et tireurs de laisses. Jamais je n'aurais imaginé faire l'expérience d'un tel changement dans ma vie. Pas d'un simple virage, même en épingle à cheveux. Non, depuis cette rencontre, je me trouve carrément cul par-dessus tête. Au point que je me demande si je ne devrais pas rouler à gauche, et m'attendre à me réveiller demain, qui sait, en Australie :

autre flore, faune en partie inconnue, autre culture où les tirages au sort se font dans la poche d'un kangourou et non dans un chapeau.

Pour me tenir éveillé, je me rassure en me persuadant qu'il suffit, pour ne pas se perdre, de suivre les cours d'eau, de marcher dans le sens inverse de celui de la migration des saumons qui, eux, remontent les rivières avec pour idée fixe de quitter la mer pour devenir pères et mères. Tiens, deux mots-miroirs ! Les mères portent et mettent au monde les enfants. La mer, berceau de la vie, porte les navires, les mouettes qui se reposent et les baigneurs qui s'y divertissent. Sans oublier les mères de tant d'espoirs que sont les bouteilles à la mer.

Rien de plus efficace contre ma somnolence que de laisser les mots s'amuser dans ma tête. Du coup, je réalise que la même parenté sonore (mère et mer) se retrouve en italien (*madre* et *mare*) comme en espagnol (*madre* et *mar*) ou en portugais (*mäe* et *mar*). Chez les Germains la similitude phonétique (*die See* et *sehen*) étend son contenu à un autre concept : la vue. Même les Anglais sont pour une fois d'accord et offrent une homophonie parfaite entre *the sea* et *to see*. Serait-ce parce que c'est sur la mer que la vue porte le plus loin ?

Oh là, ces divagations sont, je le sais, le signe d'un imminent et incoercible endormissement. Je repère un chemin de traverse, m'y engage pour m'arrêter au bord d'un champ de tournesols qui disparaissent lorsque j'éteins les phares. Le chien n'a pas bronché. J'incline le dossier de mon siège, que je recule pour mieux étendre mes jambes. L'obscurité est aussi absolue que le silence. Une dernière vague de conscience me fait apparaître le chiffre 8 dans le mot qui désigne la nuit. Puis tous les autres défilent, comme des moutons : *Nacht – acht, night – eight, notte – otto, noche – octo, noïte – oïte*... La nuit serait-elle ainsi la huitième merveille du monde ? Ou, plus simplement, la huitième phase de la semaine, celle du repos laissant parler les rêves ? La vague suivante est celle du sommeil. Je flotte, la fatigue qui m'avait envahi reflue, s'écoule au bout de mes membres détendus. Je vogue.

Au réveil, je sens une chaleur sur ma cuisse. Ma main y trouve la tête du chien. Sans le déranger, je redresse mon dossier. La nuit est toujours aussi noire, et moi, une fois de plus, je suis étonné de me réveiller, de ne pas être mort... Encore un mot qui en contient un autre ! Et la farandole recommence : la mort contient le mot, le principe qui désigne toute chose. Deux vocables qui, se jouant l'un de l'autre, cristallisent une idée. Pour l'attraper dans le filet de l'écriture, j'allume ma tablette :

Rien qu'un petit mot lorsqu'elle est privée d'air.

Aura à la mort échappé pour vous plaire.
Car si vous la laissez courir sans son erre
La mort n'est plus qu'un petit mot, juste un revers.

Tentez de les priver une seule fois de leur thé
Alors vous les verrez prendre le mors aux dents
Sans leur thé ne risquez jamais de les laisser
Elles n'hésiteraient pas à vous mettre en sang.

Sachez que sa morsure est toujours fatale
Car en ces deux mots une mort sûre elle assure
Votre métamorphose sera létale
Avec cette mort fine dans votre piqûre.

Je repars en me disant que certains construisent routes, ponts et tunnels, font des calculs, ou fabriquent des machines. Que d'autres dessinent, font de la musique ou cultivent fruits et légumes. Moi, j'élève des phrases. Car c'est bien vivant une phrase. Ni minérale, ni végétale, une phrase peut mordre, vous sauter à la gorge ou vous ronger le cœur. J'en ai de nombreux viviers et je sais où en trouver de sauvages. De celles qu'un oiseau peut emporter dans son bec, sont phosphorescentes dans le souvenir, s'enroulent autour de mon cou, m'attendent le matin sur l'oreiller.

J'entends que ça bouge à côté de moi ; le chien s'est réveillé. J'allume un instant le plafonnier. Il se lèche, ce que je ne suis évidemment pas assez souple pour parvenir à faire comme lui. Par contre, à ma manière, je suis aussi un renifleur : un chien truffier de la littérature. Je la croque, la mâche et l'avale. Elle me nourrit. C'est ainsi que je m'en fais un viatique, un cocon, une bulle, un pardon, un talisman. Parfois un pansement ou une cicatrice, souvent un rempart, toujours un point de vue. Je lis comme j'irais à la pêche : patient, attendant de sortir du texte des phrases aussi frétillantes que des goujons. Comme un orpailleur, les pieds dans le fleuve des mots, je guette, dans le tamis de mon attention, l'apparition des pépites qui brillent lorsque le texte fait mouche.

SUCCÈS

Mon premier roman me fut donné : il avait traversé les eaux bleues de mon enfance et courait à leur surface comme les risées d'une brise de beau temps. Il m'atteignit au mois de mai de mes trente ans avec la même évidence que l'avènement des beaux jours, la même irrésistible exigence que l'impératif qui rend leur feuillage aux arbres. Il s'ouvrit à moi avec la force qui impose à la pivoine de quitter son modeste bourgeon pour déployer le charme de son opulente corolle. De cette fleur, il avait le foisonnement des pétales, le fragile parfum de l'éphémère et la force récurrente des saisons.

Un succès immédiat me sauta dans les bras. La notoriété me fut d'un jour à l'autre une nouvelle nature, certes exigeante et dévoreuse, mais combien exaltante. Je caracolais de sourires admiratifs en commentaires flatteurs, d'abord ébahi, puis conforté par un florilège de critiques enthousiastes, et enfin consacré par l'attribution de prix que je n'aurais jamais imaginé recevoir. On me choisissait dans les salons, et ceux qui me reconnaissaient sur les plages se faisaient de plus en plus nombreux. Presse littéraire, photographes, magazines, interviews, radio, télévision, propositions d'adaptation pour le théâtre, voire pour le cinéma, séances de signatures, choix de traducteurs et dîners d'éditeurs : le soufflé ne cessait de monter et le cumulus de se développer en engendrant de vertigineux courants ascensionnels. Sur les ailes d'une phrase lue dans *Les Misérables*, j'échappai à l'autosatisfaction que flattait cette spirale: «Soit dit en passant, c'est une chose assez hideuse que le succès. Sa fausse ressemblance avec le mérite trompe les hommes.»

Je considérai ce premier livre comme un éclaireur et un messager : le goût d'écrire et le succès m'avaient placé sous perfusion d'encre et j'avais à me mettre au travail pour métaboliser en écriture ce pigment qui subjuguait mon hémoglobine.

Ayant appris que le chromosome Y a désormais atteint un tel état de déliquescence que certains généticiens en prédisent la disparition, je m'attelai à brosser la fresque futuriste d'une société exclusivement féminine. J'y décrivais comment des archéologues allaient redécouvrir, sur l'ancienne planète épuisée puis désertée par l'humanité, l'existence passée de la masculinité qu'un groupe de femmes entreprendrait de restaurer grâce au génie génétique.

Succès à nouveau, probablement dû cette fois-ci à l'effet de surprise lié au choix d'un sujet qui n'avait rien de commun avec celui de mon premier roman. La vague montante me rattrapa : on flattait mon imagination romanesque et cette façon soi-disant ingénue et visionnaire de transformer une glaçante menace en fable colorée. Pourtant, cette fiction, qui m'avait demandé un difficile et interminable travail de documentation, me laissait insatisfait. J'étais certes rassuré d'avoir acquis le mérite que me conférait l'effort, mais je m'étais senti bridé par la nécessité de soumettre l'écriture au programme exigeant du scénario que je m'étais imposé. Ayant le sentiment de m'être en quelque sorte exilé en construisant cette fiction, je décidai de regagner mes terres et d'y respirer à mon aise.

J'avais besoin de ressentir pour réfléchir et non l'inverse.

Alors, je composai un roman d'amour secoué de passion et déchirant de sincérité, au point qu'on m'incita à le publier sous un pseudonyme. Je renonçai pourtant à ce qui ne me paraissait qu'un inutile stratagème, une futile timidité.

Succès encore. La cavalcade redémarra, puis s'amplifia, s'emballa jusqu'à la bousculade. J'étais sollicité de toutes parts, on voulait mon opinion, on attendait mon jugement, alors que j'avais l'intime impression de ne m'être approché que de rares et bien minces certitudes. Une première thèse sur «la plasticité de l'imaginaire» de mes personnages fut défendue en Faculté. J'y étais invité pour animer des séminaires. Allait-on me faire dire ce que jamais je n'avais ni imaginé ni même soupçonné? Serais-je contraint d'expliquer ce que j'avais ressenti, à dire le pourquoi, le comment et la soi-disant signification des images cernées et animées par le choix de mes mots? Allais-je tomber dans le travers qui a conduit tant de célébrités à user de leur renommée pour s'arroger le droit d'émettre des opinions gravement inadéquates sur des sujets échappant à leur domaine de compétence?

J'avais à trouver comment composer avec l'ensorceleuse séduction de la notoriété. Aurait-elle le pouvoir de me revêtir d'une sorte d'uniforme, en me persuadant que je serais désormais invisible sans cet oripeau? Serais-je bientôt incapable de m'en dévêtir, pour dormir ou pour retrouver la peau de mon enfance, celle qui a bien voulu grandir avec moi ?

Il me semblait souvent ne pas être celui que les autres disaient voir en moi. Miroir de leurs désirs ou projection de leurs fantasmes, ma notoriété résultait-elle d'une confusion, d'un quiproquo?

J'éludai ces questions en me disant qu'elles concernaient d'autres que moi. Le chant des sirènes n'est-il pas aussi aisé à reconnaître que leur queue de poisson? Je faisais confiance à mon autocritique pour assurer mon *self-control*, sans avoir à me faire attacher au mât de la caravelle. Pourtant, rien ne garantissait que l'encre qui coulait désormais dans mes veines ne devienne un poison et le succès une entrave. Une servitude, un asservissement?

Ces interrogations lancinantes demeuraient sans réponse, mon introspection se heurtait à de très complexes et trop nombreuses inconnues. Comme des racines confrontées à un roc, mes pensées cherchaient la faille dans laquelle elles pourraient glisser une radicelle capable de fendre la pierre en s'y développant. Ce faisant, elles s'entrelaçaient autour du rocher, tout en s'étendant dans d'autres directions: dans la terre accueillante, souple, riche, odorante et prometteuse, comme dans la pâte fertile du sommeil.

Je m'endormis.

IL N'Y A PAS QUE LES CHIENS QUI RÊVENT

Dès la plongée initiale dans cet endormissement, j'accédai par le songe à la fraîche pénombre et au silence du vestibule d'un bel immeuble Art déco.

Je laissai la lourde porte d'entrée renvoyer au tumulte de la rue l'aveuglante lumière d'un après-midi d'été. Dans des jardinières de laiton bien lustré, disposées de chaque côté des quelques marches conduisant au hall principal, de vigoureuses plantes d'ornement se dédoublaient dans de hauts miroirs. Deux cabines d'ascenseurs en acajou, à verres biseautés, attendaient dans leur cage de fonte ajourée. Cinquième étage : un dallage en damier alternait porphyre et marbre beige. Dans le vaste appartement mis à ma disposition par des amis partis en voyage était installée une apaisante quiétude où flottait une odeur de parquet ciré. Au-delà du vestibule j'accédai à une pièce meublée avec le charme d'une description de Colette. Je musardais parmi les bouquets de seringas, d'amarantes et de pois de senteur. Entre guéridons, fauteuils et paravents, je me glissai dans les muettes confidences d'omniprésentes bibliothèques. Le cristal ciselé d'une carafe d'eau jouait au kaléidoscope avec le reflet des bouquets.

Je m'assis dans une bergère. Le monde extérieur se résumait à la rumeur du boulevard courant derrière les arbres du parc. Les persiennes retenaient au-dehors la lumière de juillet. C'était l'heure de la sieste.

Un détail oublié de ma petite enfance se faufila dans mon souvenir.

En début d'après-midi, le rituel de mes journées comprenait alors une méridienne. Ma mère me couchait dans mon lit placé dans une sorte d'alcôve. Je savais qu'à mon réveil ce serait le temps du goûter. Les fenêtres entrouvertes derrière de blancs voilages laissaient filtrer du jardin quelques rares pépiements, à cette heure appartenant plutôt aux roucoulements des colombes. Étendu sur le dos, j'entendais sans écouter, et je suivais des yeux la moulure de stuc sur le plafond.

Un jour advint ce que je ressens aujourd'hui comme une découverte fondatrice.

De la paume de ma main gauche je recueillais la fraîcheur à la surface du léger duvet dont ma mère m'avait recouvert avant de m'embrasser. Sentant sous le drap ma main droite se réchauffer au contact de mon ventre, je pris conscience de leur différence de température. Puis, peut-être par hasard, mais plus vraisemblablement par curiosité, je joignis les mains paume contre paume : une sensation délicieuse me traversa et son souvenir, renfloué des eaux profondes de l'oubli par le truchement de ce rêve, m'est encore une véritable délectation.

La rencontre du frais et du chaud me ravissait. Longtemps je m'adonnais au plaisir de retrouver l'exquise sensation de cet échange, car je savais que la surface du duvet regagnait sa fraîcheur et que, sous le drap, ma peau gardait sa chaleur.

Aujourd'hui cette découverte m'apparaît comme la révélation de quelque phénomène initiatique : j'avais pris conscience des contraires, du plus et du moins, du oui et du non, des différences et des échanges qui définissent la magie même de la vie.

Je me réveillai spontanément. J'étais bien, même si je m'étais endormi sur mon bureau. Émerveillé de me souvenir parfaitement de ce songe.

Avec mon déjà long parcours d'adulte, je ne saurais répéter maintenant ce geste, même si simple. J'ai le sentiment de devoir le garder en quelque sorte en jachère. Trop beau, trop originel pour être ravivé uniquement comme un souvenir. Trop innocent, trop primal, trop puissant pour ne pas me précipiter au fond de mon âme, là où la douleur de la perte de l'enfance m'infligerait une brûlure dévorante. J'imagine tout au plus en garder la mémoire et y avoir recours le jour où quelque détresse majeure m'aurait fait perdre tout centre de gravité.

Ainsi, je souhaite trouver la force d'y revenir le jour où j'aurai à boucler mon errance.

La restitution de cette expérience par le rêve m'avait ramené à mon enfance. Tout d'abord je ne vis dans mes jeunes années qu'une tonalité bleu uniforme. Pas celle d'un ciel de printemps, mais celle de la lumière de septembre, encore chargée de quelques paillettes d'été, mais déjà plus douce, finement veloutée, comme ces poussières bleutées, garantes de la maturité des prunes. Peu à peu, ce temps oublié qui, de prime abord, m'avait paru lisse et insondable, se peupla de souvenirs, les uns amenant les autres et les autres stimulant les uns. J'en fis un récit où les joies, les terreurs, les espérances et les découvertes de l'enfance évoluaient comme autant d'ombres chinoises. Cette fois, j'optai pour une publication sous un pseudonyme. Non pour me cacher, mais dans l'intention de m'exposer sans l'artifice du succès. Lorsqu'un prix littéraire « Jeunesse » vint se poser comme un hibou sur ce livre, je fus cependant contraint de me dévoiler.

Toutefois, ce que je retins de mon plongeon d'adulte dans ses premiers souvenirs est, avant tout, que le bonheur se nourrit beaucoup plus du rêve que du succès.

CHRYSALIDE

C'est pourtant le succès qui m'accapara. J'avais cru pouvoir continuer à rêver tout en le tenant au bout de ma ligne. Mais c'est lui qui devint le filet et moi le poisson.

Il me suivait d'aussi près que mon ombre et me précédait comme mon champ visuel : ma notoriété était passée à la chronicité. Plus question de m'en défaire. Pire, j'en venais à craindre qu'elle indispose et pousse à la fuite les fées qui m'avaient fait la grâce d'un talent.

Journalistes, présentateurs d'émissions littéraires, comités de lecture, éditeurs et mondaines me sollicitaient pour s'associer aux tourbillons de ma réussite. Comme un fanal, j'attirais les phalènes dont l'excitation désordonnée troublait ma vue. Toute cette agitation me séparait de mon environnement coutumier et nourricier. Le temps me manquait. L'oisiveté me fuyait. La contemplation m'échappait. La perte de ces repères dressait une sorte de mur autour de moi. Passagèrement, j'y trouvai un certain confort : c'était un mur encore assez bas, je pouvais encore m'y asseoir avec mes interlocuteurs.

Imperceptiblement, il continua à élever son assise circulaire. Comme un igloo. Au fur et à mesure qu'il constituait sa voûte, ma portion de ciel se réduisait comme peau de chagrin. Elle finit par disparaître, au terme d'une semaine durant laquelle je n'avais vu que des tables de conférence, des chambres d'hôtel et des salles d'attente d'aéroports. J'étais encastré. Le succès ne me renvoyait plus que ma propre image, il m'avait isolé du chant du monde.

Plus de deux ans passèrent sans que je n'aie rien écrit. Mon imagination s'asséchait, mon désir se fanait, les mots se mirent à me bouder. Je ne faisais que repiquer de vieilles idées, comme un pépiniériste qui se serait livré à quelques boutures ou à de timides tentatives de greffes.

Par contre, mon image était largement utilisée, ma renommée parfaitement gérée. Je restais très présent dans les médias. Trop pour certains, sans véritable substrat pour d'autres. Les critiques entrèrent en germination. Pour les plus virulentes, la gestation fut très courte. Mais, isolées et éphémères, elles n'eurent finalement pour effet que de stimuler le chœur unanime de mes admirateurs.

Ainsi, la coque qui m'enkystait dans mon succès brillait toujours. Son scintillement irradiait très loin, grâce au talent des traducteurs, mais son éclat n'avait d'égal que sa solidité : j'étais prisonnier. Plus le réseau de mes connexions s'étendait, plus la substance même de mon univers relationnel se restreignait et s'appauvrissait, devenait monotone et stéréotypée.

Je voyageais beaucoup, mais jamais je ne quittais les autoroutes qui me menaient d'une salle de rédaction à un aéroport, ou les taxis qui me conduisaient d'un plateau de télévision à un hôtel.

J'étais confiné, comme une plante en pot, mon hémoglobine aurait pu se transformer en chlorophylle. Ne m'étant pourtant pas métamorphosé en nénuphar, je devins une larve.

Je me fis chrysalide.

Fait d'un peu d'eau avec quelques lipides, sucres et protéines, je demeurais, comme chaque organisme vivant, un prodigieux agencement de carbone, d'hydrogène, d'oxygène et d'azote, avec des traces de soufre et d'iode, de zinc et de sélénium, ainsi qu'une pincée de sodium, de potassium, de chlore, et pas mal de calcium. En outre, il me suffisait d'aller séduire le vénérable Mendeleïev et d'obtenir qu'il me cède un peu de cobalt ou de cadmium pour colorer mes ailes et de chrome pour faire briller mon regard. J'étais un être arrêté, en attente, refermé sur la gestation de mon propre changement. Je percevais vaguement que la silencieuse préparation de cette transformation signifiait que mon destin s'était secrètement remis en marche.

Bientôt, je me sentis mobilisé vers un devenir. La mutation s'opérait et le temps se comptait en promesses, qui avaient encore à être fécondées par la chance. De même qu'il y a mille façons de mourir, mais très peu d'être heureux, toutes les chrysalides ne deviendront pas papillons. Celles qui survivent et développent les plus belles couleurs sur les ailes des lépidoptères parvenus à s'en extraire sont celles qui auront su inventer leur façon d'être heureuses, et une manière de mourir en le restant.

Le signal de l'éveil m'atteignit par ces mots du colosse des *Matinaux :*

«Impose ta chance,
serre ton bonheur
et va vers ton risque.
A te regarder ils s'habitueront.»

J'avais trouvé le sésame.

SÉSAME

Un premier frémissement me parcourut un matin de l'hiver passé. Je voyageais dans un train traversant un paysage fraîchement visité par les premières chutes de neige.

Il était à peine huit heures. Une brume froide figeait la lumière blanche du lever du jour. Le brouillard s'était cristallisé sur les ramures des grands arbres, les branches des buissons, autour des moignons des saules qui accompagnaient, comme autant de camarades de jeux, de petites rivières calmes, promenant sur la neige une eau lisse aux reflets foncés d'hématite. Aucun mouvement dans ces branches de verre, aucune trace sur la neige, aucune habitation.

Il aurait suffi d'ajouter de la couleur au noir et blanc de ces visions pour s'imaginer être parmi des coraux et ne guère s'étonner de voir, par la fenêtre de ce train, le passage frétillant d'un banc de dorades argentées ou l'apparition d'un gros poisson vert strié de jaune, grand seigneur solitaire, capable d'une totale immobilité comme de fulgurantes et apparemment inutiles accélérations. A cette sensation d'immersion, de *sotto mare,* venait s'ajouter l'impression d'atteindre peu à peu la surface, d'en être si près qu'il suffirait d'un léger vouloir pour franchir cette immatérielle limite, intime et universelle rencontre horizontale de l'eau et de l'air.

Le train avait quitté la combe pour gagner une crête. L'intensité de la lumière augmentait, diluait la brume moins obstinément blanche. L'issue d'un bref tunnel envoya le train dans l'éclat bleu de ce matin enfin révélé.

Hors de l'eau où il est dissous pour les poissons, l'oxygène n'est plus invisible. Avec son grand pote l'azote, leurs amis plus rares et quelques parasites nouvellement arrivés, ils forment pour les animaux terrestres le plus grandiose des décors, la plus fidèle des références : tous ensemble ils constituent le ciel, dans lequel, ce matin-là, s'était installé un grand bonheur.

Aragon traversa mon souvenir :

« Rien n'est précaire comme vivre
Rien comme être n'est passager
Un peu comme fondre pour le givre
Et pour le vent être léger. »

Le train atteignit bientôt la plaine, et le ciel grandit encore.

Alors seulement je m'aperçus que durant près de deux heures, et pour la première fois sur ce trajet dont j'étais pourtant coutumier, j'avais regardé par la fenêtre. Ce jour-là, j'étais sorti de mon ornière : je renonçai à peaufiner la conférence que j'avais acceptée de donner dans l'après-midi, je m'en remettais à l'improvisation pour conduire la table ronde qui allait s'ensuivre.

Sans que je n'en aie encore identifié la nature, la pulsion qui m'avait saisi dans ce train m'avait rafraîchi et laissé un goût de liberté.

Cette même sensation d'être subitement animé par une vibration insolite, par la perspective d'une vie à découvrir plutôt qu'à subir, me saisit une deuxième fois quelques semaines plus tard.

Je me trouvais à Bologne, où je devais rencontrer un traducteur dont les options ne me satisfaisaient pas du tout. Je pressentais que la négociation allait être émotionnelle, donc difficile. Tout à fait par hasard, en traversant la Piazza Maggiore, le calicot d'une exposition permanente du peintre Giorgio Morandi avait attiré mon attention sur la façade du Palazzo Accursio. D'un coup de téléphone, je remis mes engagements au lendemain.

En ce jour de semaine, en dehors de toute période touristique, j'étais seul dans ces quelques salles où l'esprit et le silence de Morandi – né et mort à

Bologne, où il fut durant vingt-six ans professeur de gravure à l'Ecole des Beaux-Arts – ont élu domicile : huiles, aquarelles, dessins, eaux-fortes, autant de techniques au service de paysages, de rares visages et de nombreuses natures mortes.

En découvrant les eaux-fortes vous auriez envie de vous mettre à genoux devant une telle maîtrise, devant une telle capacité à tisser la beauté du monde pour la prier de demeurer.

Dans la salle des aquarelles votre odorat serait gagné par des parfums de fruits cueillis à l'arbre et dégustés à maturité.

Les plus grands espaces étaient naturellement voués à l'écriture la plus originale et la plus connue de Morandi. Celle des huiles mettant en scène des objets voués, dans un contrepoint répété jusqu'au *perpetuum mobile,* à la recherche contemplative d'une sorte de pierre philosophale de la peinture. Ces objets, recueillis et adoptés par le peintre, sont tantôt disposés les uns à côté des autres, tantôt agglutinés, les contours des uns dessinant le profil des autres. Dès lors, ils ne font qu'un. Les conversations résultant des différences ont cessé. La peinture se fait silence, au point qu'il ne serait guère étonnant de voir le motif disparaître pour atteindre le blanc, la fusion des couleurs, l'intégration de la vérité révélée dans la lumière recomposée. Tout porte à penser que Morandi avait horreur du bruit, de l'ostentation, des affres de la tragédie. Il est passé maître dans la capacité de faire silence pour s'entendre.

Sur la Piazza Maggiore rien n'avait changé. Pigeons et passants y traçaient leurs trajectoires. Le ciel, moins lumineux, se montrait plus profond et la façade de la cathédrale San Petronio, gagnée par l'ombre, à peine plus austère.

Moi, par contre, je me savais modifié : allégé, calme, simplifié, je sentais les premiers craquèlements de ma cuticule de chrysalide. «J'avais le bonheur d'observer que tout en moi n'était pas mort, mais de nouveau capable de se développer». Dans mon cerveau, mes neurones s'organisaient pour un nouvel apprentissage : celui qui allait me rendre capable de penser «Non», de développer le processus qui, comme le lest d'un navire, me tiendrait droit lorsque je choisirais non seulement de penser «Non», mais de le dire et de m'y conformer. Ainsi, le sésame réside dans la capacité de penser « Non » et dans la faculté de l'articuler. Il suffit pour cela d'apposer la pointe de la langue contre l'avant du palais osseux, d'émettre au niveau de la glotte une diphtongue somme toute assez quelconque et, simultanément, de décoller cette pointe de langue de son contact muqueux : «Non, je refuse de rester dans le rang, je quitte pour un temps ma colonie de pingouins, je saute sur ce petit morceau de banquise qui s'est détaché au moment où je passais par là.»

Exemple : il est sept heures trente, le matin déballe un nouveau jour, et moi je suis à la pompe à essence. Pas à une pompe à essence quelconque ou n'importe laquelle, mais à la station-service où, depuis une quinzaine d'années, j'ai l'habitude de remplir le réservoir de ma voiture.

Sans cette capacité de refus que je cultive désormais très soigneusement, mon unique préoccupation serait de me précipiter dans les encombrements, d'avancer vers la ville, poussé par l'appréhension d'être en retard. Obnubilé par la hantise d'avoir à attendre à la caisse pour payer mon plein, je serais réduit à espérer avoir la chance de bénéficier d'une onde verte, pour autant que la lenteur d'un camion ou d'un élève d'auto-école ne vienne pas ralentir le flux de ces innombrables cloportes à roulettes mus par le rituel commun de leur transhumance matinale.

Pourtant, ce matin-là, je lève les yeux. Le ciel tombe dans mon regard, tout en demeurant accroché à un petit nuage potelé comme un angelot dans les plafonds d'église peints par Tiepolo. Qu'y a-t-il donc derrière ce rideau de grands arbres balançant leur cime ponctuée ça et là d'un corbeau?

Qu'y a-t-il, là, tout près, derrière le parking, entre ces hautes frondaisons et les rives du lac distantes de quelques centaines de mètres? Des champs? Des jardins ? Un terrain de sport? Il n'en faut pas davantage pour enclencher le processus qui me délivre le message d'alerte auquel je ne suis plus sourd depuis que j'ai commencé à fissurer l'enveloppe de ma chrysalide : «Non, je ne me presserai pas ce matin. Non».

Je paie mon essence. Au lieu de me glisser dans le routinier flot routier, je gare ma voiture et emprunte un chemin de terre. Il me suffit de parcourir quelques dizaines de mètres pour avoir la surprise de découvrir un étang.

Une merveille muette, totalement invisible depuis le garage dans lequel je me suis régulièrement arrêté durant tant d'années. Jamais je n'avais même soupçonné l'existence de ces roseaux, de ces jacinthes d'eau, de ces grenouilles si sonores et pourtant invisibles aux yeux d'un citadin. Rien, en dehors de la curiosité que j'avais perdue, ne pouvait me faire imaginer, si près de ma routine, ce bénitier végétal. Deux grosses carpes se promènent cérémonieusement. Un héron bat des ailes et s'élève, s'éloigne étrangement de l'eau pour aller se placer sur une haute branche. Les arbres qui se partagent le ciel tout autour de l'étang reflètent leur exacte réplique sur la surface lisse de l'eau. Un couple de canards se dandine sur le sentier de terre, l'un derrière l'autre, dodelinant d'une tache d'ombre à un éclat de lumière. Ils se rejoignent dans une grande flaque de soleil : le colvert grimpe sur sa cane et la besogne en lui pinçant de son bec tantôt le sommet du crâne, tantôt la base du cou, le temps qu'une libellule bleue en rejoigne une autre, identique, et que toutes deux disparaissent dans une zone d'ombre.

Tout fonctionne ici, pratiquement sans bruit, dans les équilibres négociés par la vie pour sa survie. Le silence contient tous les sons, tous les accords, toutes les paroles, toutes les intonations, comme le blanc renferme toutes les couleurs, toutes les valeurs de tons, du très clair au tout à fait obscur. Originels ou ultimes, le silence et le blanc sont l'alpha et l'oméga de la vie.

Dans mon enfermement, c'est au contraire le tumulte qui gronde, mêlant les cliquetis du rabâchage, les grincements de la jalousie, les ronronnements de la rumeur et les hululements de l'ambition aux dissonances de la flatterie, aux sifflements de la veulerie, aux onomatopées du népotisme, aux stridences de la critique, aux feulements de la ruse ou de la mauvaise foi et aux borborygmes de l'autosatisfaction.

Ainsi, quelques mètres à peine ont suffi pour me restituer la lumière, les sons, les couleurs et les parfums du monde. A un jet de pierre, la primevère fait parfaitement son boulot et le coquelicot sera au rendez-vous. Le pinson connaît une chanson que je n'entendais plus. J'avais ignoré le chant du merle et oublié le grand vent débordant l'espace. J'avais cru anodin de méconnaître les charmes de la brise matinale. Je ne connaissais plus que l'air conditionné d'espaces confinés qui ne me renvoyaient que mon image figée, de moins en moins lisible dans l'obscurité de mon enclavement.

Dire non.
Sortir de sa chrysalide.
Faire un feu.
Habiter le monde.

POUR LA PREMIÈRE FOIS

Hier matin, sur le trottoir de l'avenue, j'ai résisté à mon habitude de marcher le plus rapidement possible pour éviter d'être en retard. Pour la première fois, j'ai choisi de faire un détour en m'accordant le temps d'une boucle dans le jardin municipal. Un endroit que j'avais jusqu'ici ignoré, le tenant pour le domaine des oisifs, des vieillards et des enfants. Le printemps flottait dans l'air léger. Une profonde inspiration me rendit la sensation d'avoir des poumons. Depuis longtemps je ne m'étais pas senti si vivant. Je levai les yeux : encore fripées, d'un vert tendre à peine acide, les premières feuilles des marronniers frémissaient au moindre souffle. Une joue au soleil, l'autre du côté des reliquats d'hiver encore tapis dans l'ombre, je découvrais la possibilité de choisir ce qui est dans l'instant, de faire place au présent, à l'écart de tous souvenirs ou projets.

Aujourd'hui, j'ai décidé de retourner dans ce jardin. En fin d'après-midi. Cette fois non pas pour un simple passage, mais pour y perdre délibérément du temps, ou plutôt pour prendre le temps de regarder s'installer le printemps. Je choisis l'un des quatre bancs placés aux points cardinaux d'un petit square rond, bordé de fougères déroulant leurs moignons printaniers. Au centre, un bassin de pierre, circulaire lui aussi. Plus loin, une aire de jeux pour enfants. Ici, le soleil est en face de moi, légèrement sur ma droite. Je n'attends rien, je ne fais rien, je suis disponible, au-delà de mes obligations, libre. Et voilà que ça revient : je retrouve un bien-être ancien, un intime filon, celui des mots et de leur connivence, de leur mystérieuse cristallisation lorsque l'un ou l'autre d'entre eux forme l'agrégat d'où peut naître une image, parfois un poème.

Je souhaiterais à l'instant de mourir
M'être installé à la proue d'un navire
Qu'importe si j'expire à l'onde montante
Ou rends l'âme à la vague descendante

Dans l'onde dès lors je voguerai
Dans le grand ciel je volerai
Les yeux emplis du pur azur
En y déployant ma mâture

Quand tout mouvement aura cessé
L'unité me sera donnée
Du “je” devenu inutile
Je quitterai l'habit futile

Dans ces abysses *a giorno* éclairés
Des mots et du sens désormais exempté
De la petite enfance je reprendrai le babil
Pour la beauté du monde, à jamais volubile.

Une ancienne injonction lovée dans le Talmud me revient en mémoire : «Souviens-toi du futur». Je ferme les yeux. Ma pensée s'écoule comme une rivière qui suit sa pente. Elle vagabonde sans aucun raisonnement, sans aucun effort de logique, avec pour unique cohérence un sentiment de liberté.

Un bruissement de pas légers sur le gravier me fait rouvrir les yeux : un beau chien s'arrête devant moi, puis va s'asseoir un peu plus loin au soleil. Il se passe plusieurs fois le dos d'une patte sur le visage. Puis il se réinstalle, rapproche son arrière-train de ses pattes avant et enroule le panache de sa queue autour de lui. Il me regarde. Ne me quitte pas des yeux. Puis il semble s'installer pour un somme.

Quelques moineaux viennent se poser devant moi, assez loin du chien pour n'avoir rien à craindre. Je me souviens d'un reste de brioche que j'ai gardé ce matin dans la poche de ma veste. Je l'extrais de son papier et l'émiette. Culottés, les oiseaux s'approchent en continuant, entre deux coups de bec, à regarder de toutes parts avec cette sempiternelle inquiétude à laquelle ils se croient contraints de sacrifier leur tranquillité.

Plus de miettes, plus de moineaux : d'un frou-frou d'ailes, ils s'en sont allés voir ailleurs. La lumière a baissé et l'air s'est subitement refroidi. Le chien dort encore. Je me lève et me dirige vers la sortie du parc. Le bruit d'un intense trafic sur l'avenue me ramène à la ville.

Je reviendrai demain.

LE CHIEN

De fissures en soubresauts, je me suis bel et bien échappé de l'enveloppe de ma chrysalide. Tout à la préoccupation de modifier le programme de ma journée dans l'espoir de dégager un moment pour retourner au jardin municipal, j'ai totalement oublié de me raser ce matin. Pire : détendu, libéré de mes entraves, je me suis laissé aller à m'endormir au milieu de l'après-midi, en plein air, n'hésitant pas à m'allonger sur le banc du petit square rond du jardin municipal.

Rattrapé par un songe, j'emprunte d'interminables passerelles et tapis roulants menant à des escalators, puis à des ascenseurs se transformant, pour les trajets horizontaux, en nacelles livrées à tous les vents, glissant, à des hauteurs hallucinées, d'un immeuble à l'autre, d'une tour de verre à la suivante, pour gagner un terminal désert. Une sorte de gare de triage, à partir de laquelle un funiculaire souterrain pourrait, par temps clair et les jours de lune noire, m'emmener là-bas, si loin, si haut, si étrangement à l'écart, au sommet de blanches falaises, jusqu'à cette demeure isolée, démesurée et tout entière remplie de l'invisible vérité que je crois pouvoir y rencontrer chaque fois que ce songe entrelace ses rubans à mon sommeil. Le sol tourbeux de la lande y est recouvert d'un tapis de bruyères roses qu'interrompent, comme taillées au sabre, de vertigineuses falaises crayeuses. A leur pied, l'océan gronde, rugit, hurle sous le fouet du vent, s'acharne, se pulvérise, insiste encore et toujours, après être venu de si loin que ce lointain ne peut être pressenti que tout à fait ailleurs, hors de cette nuit, dans un autre rêve.

Quelques courbatures dues à l'inconfort de ce banc de bois tentent par moments de me faire renoncer au charme de ma sieste en liberté. En vain. Même la sensation de froid, qui semble se substituer à ma peau, ne parvient guère à me pénétrer profondément, là où la chaleur du corps et la pâte du sommeil se conjuguent pour émettre le fluide dont l'écoulement apporte à celui qui dort en plein jour la sensation si délicieusement illogique d'être conscient de dormir.

Soudain, le bruit violent d'une tôle percutée me propulse dans la réalité. A la vue d'un ballon roulant sur le sol se substitue celle de la tête d'un chien. Elle me fait face et remplit tout mon champ visuel : la tête du chien qui s'était assis l'autre jour à quelques mètres de moi, avant de se coucher et de s'endormir ! Cette fois, il s'est posté précisément à la hauteur de mon visage et me regarde. Pourquoi donc s'est-il placé si près de mon visage? Et comment se fait-il que je n'en ressente aucune surprise, aucune crainte, moi qui n'ai jamais eu de chien? Avant de chercher à comprendre, je veux sentir, toucher.

J'allonge le bras. Lentement. Il abaisse un peu son museau, me présentant le haut de son crâne. J'y pose ma main. Alors il s'assied, relève la truffe pour appuyer sa tête contre ma paume, puis pose à nouveau son regard sur moi. Je le caresse doucement entre les oreilles. Il me semble aussi étonné et à l'aise que moi, comme s'il avait conscience qu'un lien entre nous est en train de se tisser aussi infailliblement que les fleurs des marronniers vont éclore au cours des prochains jours. Le coucher du soleil élargit des nappes d'air froid se préparant à accueillir la nuit. Le silence est celui qui suit une question encore sans réponse. Il pose son museau sur ma cuisse. Le bout de sa queue oscille lentement. Les enfants sont partis jouer ailleurs avec leur ballon.

Le premier pas fait par ce chien pour venir près de moi pendant mon sommeil buissonnier me trouble. Sa manière d'accueillir mon geste me touche. Le monde s'ouvre, m'invite dans des contrées insoupçonnées. Hors de la communication verbale à laquelle je suis accoutumé, cette rencontre m'implique dans un échange inédit. Pourtant je m'en trouve avant tout heureux : il m'arrive enfin quelque chose. Un événement sans relation avec mon image, indépendant de la représentation que peuvent s'en faire ceux qui, en me la renvoyant, m'ont isolé au point de me séquestrer hors de moi.

Que disent donc ces yeux paisibles et attentifs? Comment me voient-ils? Comment le monde s'insère-t-il dans ce regard? Pourquoi un animal qui ne me connaît pas me témoigne-t-il un élan aussi manifeste? Il me prend peut-être pour un clochard, un vagabond, qui, comme lui, s'endort là où le sommeil le cueille, et n'a donc aucune raison de ne pas s'assoupir sur un banc public. Possible aussi qu'il se sente seul et rêve de faire la paire avec un clodo. Si ma liberté recouvrée a une odeur, il l'aura flairée, et il vient guider mes premiers pas. A moins qu'il ne cherche à me suivre pour s'affranchir lui-même de son asservissement domestique. Quoi qu'il en soit, je me vois bien errer en sa compagnie, vadrouiller, fouiner, renifler à loisir pour remplir mon magasin d'accessoires, stimuler mon imagination et nourrir mes élucubrations.

Quel serait mon univers si j'étais ce chien? Je me surprends à me demander comment le chien réagirait face à telle ou telle situation, quelle serait ma vision du monde si mes yeux se trouvaient à la place des siens. Sans aller jusqu'à me mettre à quatre pattes, j'acquiers bientôt un nouveau point de vue. Un angle d'observation suffisamment différent pour faire apparaître des aspérités, des contours, des évidences et des nuances qui m'avaient jusqu'ici totalement échappé.

Ce chien, qui désormais trotte dans ma tête, m'aurait-il fait comprendre que dans ma vie il y en a au moins une autre? La mienne. Et non celle que m'avait imposé le carcan du succès.

Les jours suivants, un temps agité, souvent très pluvieux, m'empêche d'aller au jardin municipal. Puis le vent du nord vient faire le tri dans cette grisaille, déchirer ces sombres paquets d'étoupe ourlés de rideaux de pluie et faire place aux embellies. Le lendemain après-midi je retourne au jardin. Le sable des allées est détrempé avec, ça et là, de grandes flaques d'eau.

Pas de chien.

Le surlendemain, lorsque je quitte le banc sur lequel je m'étais assis pour lire, je le vois passer : à quelque vingt mètres de moi, il traverse l'allée principale. Il avance, la truffe consciencieusement au ras du sol, l'air très affairé, comme ferré par l'obsession de ne pas perdre une piste. Je suis sous le vent du courant d'air. Il ne me remarque pas.

Quelques jours plus tard, en me fourvoyant dans

un carrefour, j'emprunte une route que je ne connais pas. Elle me conduit le long d'un canal, jusqu'à un complexe de loisirs entouré de plans d'eau et de verdure. Découvrant cet endroit par hasard, je prends la liberté de m'y arrêter pour y balader mon oisiveté reconquise. Sans oublier mon ordinateur, pour le cas où ce lieu m'apporterait quelques impressions ou quelques idées que je pourrais regretter d'oublier. Près du lac, à l'orée d'un bois largement ouvert sur une clairière, je trouve un banc identique à celui sur lequel je me suis endormi dans le jardin municipal. Frappé par cette similitude, je m'assieds et n'ai qu'à transcrire, pratiquement d'un trait, le récit de ma rencontre avec ce chien qui trotte dans mon souvenir depuis le jour où je l'ai trouvé près de moi à mon réveil.

Parvenu au terme de cette rédaction, je range mon ordinateur dans sa housse, lorsqu'une rafale de vent fripon emporte ma casquette. A peine l'ai-je vue rouler jusqu'au lac, que le chien, oui, celui-là même de mon souvenir et de mon récit, surgit du taillis se lance à l'eau et me ramène mon couvre-chef. Je le remercie en lui disant à quel point je suis impressionné de le rencontrer si loin du jardin municipal et, qui plus est, dans cet endroit où je suis venu sans en avoir eu l'intention. D'emblée, j'ai la certitude qu'il entend parfaitement mon propos, si bien que je tente, en lui posant des questions, de le contraindre à s'exprimer. En usant à la fois de son regard et d'une gestuelle formidablement explicite, il me fait comprendre qu'il est venu avec sa patronne, qu'en quelque sorte il me présente en courant faire le tour d'un banc où lit une jeune femme, puis en revenant d'un trait vers moi.

Lorsqu'il voit sa maîtresse se lever et glisser son livre dans son sac, il me signifie très aisément et je dirais même affectueusement, qu'il regrette de devoir me quitter. Pour cela, alors que je me suis assis pour être à sa hauteur, il pose son menton brièvement sur mon épaule, près de mon encolure, puis glisse sa truffe sous mon aisselle ; en partant, il souhaite emporter un souvenir de moi, m'inscrire dans sa mémoire olfactive pour s'assurer de ma traçabilité.

En le voyant courir vers sa patronne, je me surprends à penser que le hasard que trimbale ce chien pourrait bien nous ménager d'autres rencontres.

LE MANUSCRIT

Sido est la sœur que je n'ai jamais eue. Nous nous connaissons depuis les gazouillis de la première enfance. Nous avons grandi ensemble, elle jouait à la marelle, moi je misais des billes, et nous étions complices au jeu de la bague d'or. Par la suite, nous avons certes été séparés, mais toujours et sur un signe de l'un ou de l'autre, nous nous retrouvons. Comme si, chaque jour encore, nous mangions ensemble les tartines des insouciants goûters de nos premières années.

Sido est ma mémoire, ma constance. Au cours de mes traversées hasardeuses vers les premières découvertes de l'adolescence, parmi les difficultés des choix, dans les affres des douleurs et du doute, elle a été ma précieuse vigie. Elle reste ma première référence, l'œil toujours neuf et curieux auquel je réserve le premier regard sur tous mes manuscrits. Car elle m'a maintes fois démontré que sa bienveillance est d'autant plus crédible qu'elle ne me concède aucune indulgence.

Sido est souvent en retard, mais jamais plus d'une quinzaine de minutes. Je l'attends pour dîner sur cette terrasse de bord de mer, où il lui est aisé de venir me rejoindre, puisqu'elle habite ce village de pêcheurs qu'elle a préféré à la ville. Je suis impatient de connaître son avis sur les premiers chapitres du manuscrit que je lui ai remis il y a une semaine. Ce soir je me réjouis de lui confier la suite de cette histoire que j'ai imaginée être racontée par le chien.

Presque toutes les tables sont occupées ; certains convives en sont déjà à l'apéritif.

Les premières miettes de pain sont tombées sur les nappes de lin blanc.

Les derniers venus consultent la carte des mets ou regardent la mer.

Les conversations sont encore peu animées, comme si chacun demeurait fasciné par les fastes du coucher de soleil qui vient de s'achever.

Je ne les avais pas vus arriver. Ils se groupent au centre de la terrasse, saluent à la cantonade et annoncent qu'ils vont jouer quelques mélodies de Nino Rota. Cinq musiciens pour un bugle, bâtard entre un trombone et un cor, une clarinette, et par moments une clarinette basse, un violon un peu amplifié, un accordéon et une section rythmique. Tous les cinq en débardeur rayé, plus un chapeau melon pour les souffleurs. Pantalon de toile et espadrilles pour tous.

A l'accordéon, un beau gosse, jeune, belle gueule, belles mains, Mesdames! Avec une dégaine de marin qui tangue, yeux baissés, dans la musique qu'il fait respirer entre ses bras.

Jeune aussi le violoniste. Très appliqué, tenant proprement sa voix, les yeux grands ouverts, beau garçon également, dans son genre de Pierrot éveillé.

En retrait, comme le percussionniste, le joueur de bugle sait qu'il joue de l'instrument le plus insolite du groupe, ce qui fait de lui le leader de cette poignée de funambules tombés là ce soir.

Le batteur est plus rond, sans charme apparent, mais suffisamment sûr de lui pour tenir la mesure avec un détachement laissant supposer qu'il pense à quelque repas de fête, ou prolonge dans son imaginaire le décolleté de la pulpeuse rouquine assise en face de lui au premier rang.

Le cinquième est le clarinettiste. Un peu plus âgé et nettement plus marqué, à peine moins déçu que sensible, il dit par son jeu son besoin des autres, sa nécessité d'intégrer sa voix à sa juste place. Il est touchant, comme cette musique moins à l'aise dans ce restaurant qu'elle ne le serait sur un terrain vague, n'importe où, mais en Italie.

Une musique de souvenirs rongeant le futur. Une nostalgie tressée de brins de gaieté résignée. Des harmonies agrégeant la fatalité à d'espiègles espérances. Des mélodies rappelées d'un autre temps, légères mais graves, douces mais lestées d'amertume, et pourtant confiantes dans le miracle d'une fraternité toujours possible. Pourquoi pas un soir de printemps au bord de la mer. Même si les couleurs du ciel ne nous sont que prêtées au fil de nos jours et se préparent à disparaître. Même si les étoiles viennent nous rappeler combien le monde est aussi incommensurable qu'incompréhensible.

Cette musique ravive dans mon souvenir les images d'un matin de beau temps dans un petit village des Pouilles redessiné et colorié de frais par la bise. Les rues étaient désertes, à l'exception de quelques chiens aussi errants que méfiants et, plus loin, de deux vieilles femmes longeant les murs ; rien ne permettait de savoir si elles se rendaient à l'église ou si elles en sortaient. Et voilà qu'un orphéon funèbre aux accents verdiens apparaît au coin de la rue; quelques hommes vêtus de noir, un peu pressés, soufflent en marchant, les yeux baissés, comme les rideaux des rares commerces devant lesquels ils défilent. Poignant. Aussi fugace qu'une bouffée de fumée emportée par le vent au-dessus des toits et à jamais dissoute dans la lumière vive de ce jour nouveau pour ceux qui restent et ont su prendre le temps d'un rite pour le respect dû aux défunts.

Chez Nino Rota, pas d'agitation, sinon en passant, et seulement le temps d'une chanson. Juste pour mimer le bonheur possible lorsque l'espérance, un regard, ou un souffle d'air frais imposent une trêve au chagrin. Ne serait-ce que pour vivre encore un soir, le plus paisiblement possible, en regardant venir les songes et les hiboux qui attendent la nuit.

Merci Nino. Merci les musicos.

Certains jours tout s'enchaîne parfaitement. Vous avez dormi tout votre sommeil et pourtant vous n'êtes pas en retard. Les contradicteurs stériles et autres empêcheurs de penser en rond sont en excursion sur une autre planète. Vous êtes efficace et pas pressé pour autant. Vous n'avez rien égaré, votre mémoire ne vous fait aucunement défaut, il fait très beau et les événements de la journée se succèdent sans se bousculer ou se faire attendre. Ainsi, ce soir, la nuit à peine installée après un glorieux naufrage du soleil, la mer engendre une somptueuse pleine lune. Quand les musiciens cessent de jouer, le disque encore plus roux qu'argenté quitte la ligne d'horizon.

Le charme de la musique et tant de splendeur cosmique auront chamboulé l'âme d'un très vieux pêcheur, assis près de la porte de la cuisine et que chacun ici connaît comme l'oncle du patron. Il se lève, s'avance au milieu des convives et d'une forte voix étrangement rauque de prophète il déclame, tel un oracle antique, quelques strophes à la gloire de la lune au cours des saisons :

« Une lune blanche, céleste faïence, s'est figée dans le ciel d'hiver. Le vent glacial est immobile. Le silence est blanc.

Sur la lande nue hurlent les loups qui, pour calmer leur faim, n'espèrent plus que la descente de ce fruit blême vers la terre gelée.

Géante en émergeant de la mer, une pleine lune rousse de printemps défie l'horizon. Elle gagne de la hauteur et reprend sa pâleur exsangue de luminaire indulgent, complice des noctambules, balise des insomniaques.

Totalement silencieux, humant la rosée, le léopard, les pattes dans une débauche de pétales bleus, tourne en rond sous les jacarandas en fleurs.

Chaque nuit d'été est un immense oiseau noir qui traverse le ciel et sommeille avec, en son bec, un croissant de lumière nacrée qu'il confiera à l'aube pour allumer l'aurore.

S'ébrouant dans sa crinière, le lion – une patte posée sur sa lionne – s'accorde le souverain privilège de refermer ses paupières pour dormir encore, malgré le lever du soleil.

La chaude dorure d'une clémente lune d'automne tremble à l'aplomb du grand campanile.

Une multitude de papillons couleur safran et citron scintillent sur la Sérénissime Lagune, en y inscrivant à l'infini le nom illisible de Dieu, car le vrai Dieu ne se nomme pas. »

Il se tait. Les regards sont tournés vers l'astre qui s'élève dans le silence de ces frères humains touchés par les paroles du vieux. Puis la vie, un instant suspendue aux mystères de la beauté, reprend son cours avec une volée d'applaudissements qui s'amplifient lorsque le patron, s'essuyant les mains sur son tablier de cuisinier, vient donner l'accolade à son vieil oncle.

Au bout de la plage de sable, le bandeau assombri de la mer est désormais plus audible que visible. Une incertitude demeure quelques instants encore du côté du couchant, où la nuit n'a pas encore totalement pris le relais de l'extinction du jour. Ce sont les lumières du bistrot qui, en s'allumant, mettent fin à cette troublante ambiguïté : en éclairant la terrasse, elles établissent la nuit tout autour. La soirée peut commencer. Les voix et les rires gagnent quelques décibels. Un sommelier me propose une flûte de champagne et je reprends la lecture de mon manuscrit. En attendant Sido.

– Ce soir, tu peux cesser de m'attendre avant même d'avoir commencé. Tu vois... J'ai fait un effort, disons de ponctualité. Pour te plaire. Pour donner toutes ses chances à ce dîner.

– Merci, Sido. Mais tu as bien fait de laisser au soleil le temps de se coucher : toi et lui en même temps, c'est trop pour moi, trop éblouissant.

Je me lève. Je pose mes mains sur ses épaules pour mieux regarder ses yeux, verts comme les miens, mais beaucoup plus clairs, plus grands et surtout pailletés d'intelligence et de malice.

– Asseyons-nous... Prends donc un peu de champagne. Garçon !

– Si tu veux. Mais ce soir je n'ai pas besoin de ce supplément de légèreté qu'apporte le champagne à une conversation. Il m'a suffi de lire ton manuscrit !

– Tu veux dire?...

– ... que je l'ai dévoré, sans pour autant entrevoir à quoi peuvent conduire ces propos tantôt drôles, tantôt très sérieux, parfois sans queue ni tête, bien que racontés – je te le rappelle, Barth – par un chien ! Un chien qui parle... Et pire, un chien qui écrit, puisque je peux le lire !!!

– Ce qui signifie...

– ... que le démarrage a allumé ma curiosité. Puis j'ai suivi le rythme en me laissant emmener par cette façon qu'a le chien de trottiner dans son quartier et au-delà. De découvertes en trouvailles.

– Alors, pour toi c'est vraisemblable?

– Mon cher Barth ! Tout peut être rendu vraisemblable, pour autant qu'on sache où cela peut bien mener... Tu réalises que tu fais dire « je » à un chien ? Un chien qui se livre à des considérations sur le temps, parle d'un vieux calligraphe chinois qu'il aurait vu à la télévision, et, pire encore, fait l'apologie de la lecture ! Sans compter que tu vas jusqu'à lui faire citer Paul Auster et Stephan Zweig !

– Patience, il faut que tu...

– Mais qu'est-ce qui t'arrive, Barth ?

Sido saisit mes deux mains. Sa voix est tendue. Elle plonge dans mes yeux un regard inquiet, insistant, presque attristé. Aurait-elle l'impression que je suis trop présent dans la vie de ce chien pour que son histoire ne soit pas en réalité une métaphore de la mienne ? Elle me connaît si bien qu'elle pourrait craindre de me voir engagé dans une voie sans issue. Pour éviter de lui répondre, je quitte son regard et pose mes yeux sur le paquet de feuillets que j'ai laissés sur la table.

– Ne sois pas inquiète, Sido ! Je te préfère curieuse. Regarde, je t'ai apporté la suite.

– C'est bien ce que je pensais. Tu écris cette histoire bien trop vite pour ne pas en être le centre, sinon le problème.

– Tu ne crois pas si bien dire, puisqu'il va me suffire de quelques jours pour pondre les dernières pages et te les confier.

– La fin?

– Tu trouves que c'est trop tôt?

– Non, du tout... Mais la question est de savoir maintenant comment tout ça va se terminer. Dis-toi bien que ...

– Je vois. Ta complaisance a des limites. Tu t'es laissé embarquer, mais maintenant tu veux une explication, un sens, de la cohérence. Pas vrai?

– Eh bien oui, Barth, c'est évident! Un récit doit mener quelque part.

– Ne me dis pas que la perspicace Sido ne s'est pas fait sa petite idée. Je suis sûr que tu n'es pas à court d'hypothèses. Que tu as probablement déjà identifié une piste.

– Jusqu'ici, j'en vois deux.

– Tiens donc...

– Oui, deux, à cause de deux éléments récurrents. D'un côté, la part du rêve qui pourrait justifier la tonalité irréelle de cette histoire. De l'autre, l'apparition de ce type qui une fois dort sur un banc et qui plus tard, sur un autre, écrit l'histoire de sa rencontre avec le chien. Voilà.

– Et tu choisis laquelle?

– Je préfère la seconde.

– Et pourquoi?

– Elle sonne plus juste.

– Bravo, Sido! Tu pourrais bien avoir trouvé la clé! Mais tu vas encore avoir des surprises...

– Par exemple?

– Eh bien, comment dire? Tu vas découvrir que cette histoire impossible est tout simplement une histoire vraie!

– Oh! Là, tu exagères...

Les serveurs nous ont apporté des moules marinière. C'est à cet instant que je l'ai vu se faufiler dans l'ombre et faire le tour de la terrasse. Je l'ai reconnu, sa dégaine ne trompe pas, c'est lui. Encore une fois si loin de son quartier. Et pourtant ce soir je ne vois pas sa maîtresse parmi les dîneurs.

– Pas du tout, Sido, je n'exagère pas. Tu vas le voir toi-même.

– Passe-moi un peu de pain, Barth, s'il te plaît.

– Écoute-moi, je ne blague pas! Incroyable! Regarde, là, devant toi... C'est lui, c'est le chien! Tiens, il ramasse mon stylo probablement tombé lorsque je me suis levé à ton arrivée. Tu vois, Sido, les fils du Destin se nouent sous tes yeux, en temps réel et grandeur nature. Ce chien, la première fois que je l'ai rencontré, c'était dans un jardin municipal où je n'avais encore jamais mis les pieds. Plus tard, je l'ai retrouvé, toujours apparemment par hasard. Ce soir, c'est la deuxième fois que je le vois apparaître dans un endroit très éloigné de chez lui. Sans raison. Avoue que ça crée des liens.

– Par exemple?

– Eh bien, ça a commencé le jour où j'ai découvert ses yeux posés sur moi au moment où je me réveillais d'une sieste buissonnière. Je me suis demandé ce que je verrais si ses yeux étaient les miens. J'ai ressenti une telle ouverture dans cette idée que je me suis pris au jeu. Jusqu'à écrire ce que je pouvais imaginer en m'offrant la liberté de voir le monde autrement.

– Tu veux me dire que ce beau chien, là devant nous, c'est le chien de ton texte? Un vrai chien?!

– Parfaitement. Comme tu le vois. Tout se passe comme si mon choix d'écrire son histoire suffisait à provoquer nos rencontres. Et tu vas voir, on se comprend déjà très bien.

Et là, je suis moi-même sidéré. Alors que je demande au chien comment il se fait qu'il soit ici ce soir, par quel moyen il est venu jusqu'au bord de la mer, il ne me répond pas. Mais il me regarde intensément, sans cligner des yeux. Il a l'air malheureux, comme s'il se trouvait pris au piège. Très rapidement je comprends.

– Ah, ça y est, Sido, j'ai pigé! Impossible pour lui de donner des réponses à des questions ouvertes. Il faut qu'il puisse répondre par «oui» ou par «non». Quand il ne répond pas, ça pourrait vouloir dire «je ne sais pas».

– Encore faut-il qu'il soit capable de dire «oui» ou «non» et que toi, Barth, tu comprennes le langage canin !

Qu'à cela ne tienne. Dès la première question, je le vois baisser le museau, ce qui en l'occurrence est un signe de très grande concentration. Puis, un peu maladroitement mais de façon explicite, tandis que Sido le caresse entre les oreilles, il hoche la tête négativement. Je change pour une question dont la réponse pourrait être affirmative. Sans hésiter, il acquiesce en baissant et relevant la tête alternativement deux fois puis en battant gaiement de la queue. Je lui demande finalement s'il veut rentrer en ville avec moi ce soir : la réponse est claire.

– Il est d'accord, s'exclame Sido, formidable ! Je vois maintenant pourquoi tu t'es mis derrière les yeux de ce chien et comment tu as imaginé ce que j'ai lu.

– Comprends-moi bien, Sido. J'avais besoin d'un regard neuf, d'un éclairage nouveau, d'un angle d'observation différent. J'étais devenu presque aveugle dans mon existence confinée. Il fallait que j'ouvre mes fenêtres. Il fallait que je sorte sur le pont, que je regarde alentour, à l'endroit comme à l'envers. Ce chien m'a désenclavé en me donnant ce désir de voir la vie autrement. Disons façon chien, tout en réfléchissant à la manière d'un humain.

– Autrement dit... oui... je vois... Avatar de toi-même, ce chien est devenu l'expression symbolique de ton double.

– C'est ça. Avant, c'était comme si je voyais le monde unilatéralement, uniquement de profil ou exclusivement d'en haut.

– Je comprends. De profil, tu ignorais les borgnes que tu as découverts en les voyant de face. Ou, si tu n'avais qu'une vue plongeante, tu ne voyais pas les cerises sous les feuillages, alors que tu peux les cueillir en te promenant sous les arbres avec ce chien.

– Voilà Sido, tu y es. J'ai appris à changer de points de vue et à les enrichir les uns par les autres.

– Changer de points de vue... Tiens donc! Et pourquoi?

La question de Sido me poussait là où je ne voulais pas m'aventurer. En racontant cette histoire, je m'étais borné au symptôme, sans oser en aborder la cause. Je me complaisais dans la métaphore. J'installais un décor sans jouer la pièce. Brusquement, cette terrasse, ces convives, la lune que je ne voyais plus, la mer que pourtant j'entendais, tout ce qui m'entourait, tout ce dont ma vie était faite, même mes livres, tout me parut figé, irréel.

– Sido, que ferais-tu si tu te sentais sur une voie de garage?

– Te connaissant, j'attendrais de croiser un aiguillage ou, à défaut, un chien qui me regarde. Et je prendrais la tangente pour filer sur autre voie.

– Non, ne me parle pas de ce que je connais mieux que toi... Dis-moi ce que toi tu ressentirais si... Enfin, tu m'as bien compris!

– Moi j'irais jusque dans le garage et je me demanderais ce qu'il fait sur ma route.

– Et bien, figure-toi que j'y suis ! J'ai tourné dans tous les sens la question que tu poses. Celle qui finalement, pour moi, revient à me demander pourquoi continuer à écrire. N'est-ce pas de toute évidence « une maladie, une folie, une divagation, un délire, sans compter une prétention. Un homme sain, à l'esprit sain, solidement posé, solide dans la vie, n'écrit pas, ne pense même pas à écrire ».

– Ah, tu me rassures ! Voilà qui n'a rien de nouveau, Barthy ! Tu me l'as déjà dit plus d'une fois. Que la littérature est une maîtresse insatiable, l'édition une putain insaisissable et l'écriture une addiction aveugle. Même si elle prétend aiguiser le regard de celui qui écrit sur lui-même et sur le monde. Je peux te réciter tout ce tintouin en boucle.

– Ah bon? Et tu t'en souviens !

– Évidemment. Chacun, et dans tous les domaines, est poursuivi par ce genre de doute. Alors, moi je vais vous répondre à Léautaud et à toi. Écoute-moi bien. Je vais à mon tour te confier quelques phrases. Elles sont de Italo Calvino. Je les ai recopiées pour toi. Je savais bien qu'un jour tu en aurais besoin...

Soudain agacée, Sido fouille dans son sac. Elle y trouve finalement son smartphone. Son visage se détend lorsqu'elle annonce :

– Trouvé ! Ce sont les dernières phrases des *Villes invisibles*. Quelques phrases que j'ai collées sur Dropbox pour les avoir toujours avec moi. Tu connais ?

– Hum..?! Je crois pas. Vas-y...

– Je les ai traduites moi-même de l'italien, pour toi, Barth. Écoute : « L'enfer des vivants n'est pas quelque chose qui viendra. L'enfer des vivants est celui qui est déjà là, l'enfer que nous habitons tous les jours, que nous formons avec les autres. Il y a deux manières d'éviter d'en souffrir.

La première est facile pour beaucoup : elle consiste à accepter l'enfer jusqu'à en faire partie au point de ne plus le voir.

La seconde comprend des risques et exige de l'attention, ainsi qu'un apprentissage continu : elle consiste à chercher et à savoir reconnaître qui et quoi, au milieu de l'enfer, n'est pas de l'enfer, à le faire durer et à lui donner de l'espace. »

– Ben voilà, Sido. Chacun son truc. Toi c'est ces phases, moi c'est le chien.

Nos regards se croisent et nous éclatons ensemble de ce rire d'enfant qui a toujours scellé notre alliance.

Le chien rassasié s'est couché sur le flanc. Il se lèche les babines, lentement. Il m'attend. Moi aussi, je me réjouis de faire ce trajet nocturne en sa compagnie.

Le niveau sonore des conversations, atteint entre le premier et le second plat, a diminué avec le dessert. Quelques chaises sont vides, le ciel est rempli d'étoiles.

RADIO DESTIN

Nous avons déposé Sido chez elle. Elle habite à la sortie du bourg, en lisière de la pinède. Quand je la ramène, j'attends toujours de la voir traverser le jardin, allumer les lumières et fermer la porte. Parce qu'en fermant la porte elle me sourit à chaque fois.

La route est toute droite dès la sortie des giratoires, après la station-service. Le faisceau du phare balaie la plaine. Le moteur tourne sagement. Le chien s'est glissé entre les dossiers à la place de Sido. Je pose ma main droite sur sa nuque : il respire très calmement. Il cherche à se mettre en boule pour s'endormir, la truffe entre ses pattes. De temps à autre, ses soubresauts me font penser qu'il rêve. Je le regarde en me demandant à quoi peut bien rêver un chien. Il ouvre un œil, comme pour me dire: regarde donc la route et tiens bien ton volant, surtout ne t'endors pas. J'abaisse la vitre : l'air est frais, mêlé à une odeur d'herbe et de nuit captive dans l'humidité du bord de mer. Même si la circulation est pratiquement inexistante, le trajet va durer plus d'une demi-heure et sera monotone. L'air qui s'engouffre par la fenêtre fait trop de bruit. Je préfère la radio pour me tenir éveillé.

Je tombe sur une musique qui utilise avec démesure une pâte sonore répétitive, sans charme ni surprises, et, lorsque des voix tonitruantes viennent s'en mêler, je passe à la station suivante : *Radio Destin*.

Par principe, cette chaîne ne diffuse pas d'informations, celles-ci n'étant que les expressions du destin, avec ses divers accoutrements, son écharpe, sa fleur au chapeau ou les coulures de son rimmel. Cette radio-là s'intéresse au destin lui-même, aux arcanes et aux nœuds du hasard, aux mirages de la synchronicité.

J'ai la chance de tomber au début de la lecture d'un texte intitulé *Eurydice et Orphée*, au lieu du classique *Orphée et Eurydice*.

Cette inversion part de l'idée que le serpent aurait lamentablement raté son coup.

« Chacun connaît le destin d'Orphée et d'Eurydice. Alors ce soir, avec *Eurydice et Orphée*, changeons de scénario.

Malgré ce subterfuge, le serpent, toujours si sale bête, n'a rien compris. Il veut absolument mordre Eurydice. C'est sans appel. Il convoite le grain, la blancheur et la fraîcheur de cette peau de jeune mariée. Il s'en affole, il en perd la tête, salive vilainement son venin à l'idée de planter ses crochets dans la pulpe de cette chair de choix qu'il sait lui être d'autant plus interdite qu'il n'ignore pas l'hymen tout récent qui unit Eurydice à Orphée.

A peine un faux mouvement, une boucle mal rangée, et voici qu'à l'instant de bondir le serpent se prend la queue dans les rayons d'une roue de bicyclette. Adieu la pulpe: Orphée n'en perdit pas son Eurydice.

Celle-ci, innocente, ignore tout de cette histoire de descente aux enfers dans laquelle on lui a, de tout temps, attribué un fameux rôle. Elle s'empresse de prendre en pitié ce serpent enroulé autour de son bobo. Méconnaissant les véritables intentions du reptile, elle s'apitoie sur celui qu'elle considère comme une victime du trafic urbain. Elle s'emploie à confectionner un pansement, une poupée, au bout de la queue de l'ophidien, tandis qu'Orphée, des deux mains, en tient fermement l'autre extrémité. Car il ne peut pas oublier la version traditionnelle du mythe qui pour toujours l'habite.

Ceci fait, Eurydice et Orphée, la main dans la main et suivis du serpent tenu en laisse, s'en vont à la plage.

Grande allée de palmiers conduisant au bord de mer, larges trottoirs de terre battue, début de brise vespérale.

Ambiance de vacances, ciel ouvert sur du bleu liberté, musique de rue et terrasses de cafés bellement achalandées en jeunes bronzés et en espiègles blondes.

Le trio atteint les dunes. Eurydice et Orphée enlèvent leurs *zoccoli* pour le plaisir de sentir le sable chaud sous la plante de leurs pieds. L'autre, le rampant, frémit d'aise dans sa démarche de double cul-de-jatte car, après le macadam où il s'était aventuré, il retrouve son milieu naturel. Il serpente de plus belle, soigne une reptation qu'il veut digne de sa race. La lumière s'est faite douce et rosée, frisante au soleil couchant : les traces du serpent sur le sable sont particulièrement bien lisibles.

De souples risées du vent de terre amènent, par bouffées, des banderoles de musique.

Eurydice, insouciante, suit des yeux et du sourire une voile ocre sur la mer.

Mais le temps comme le destin ne s'arrêtent pas pour contempler la beauté du monde.

Orphée lit la calligraphie ; il connaît l'oracle confié par les dieux à leur messager rampant.

Eurydice renvoie sa chevelure en arrière ; elle fait face au soleil mourant à aujourd'hui.

Et là, regardez ! Au même instant, le soleil sombre, Orphée lit la dernière syllabe sur le sable et

Eurydice émet un petit cri sec, un brin surpris: le dernier.

Orphée se retourne, Eurydice est à terre.

Surgi en un éclair d'un anodin buisson, un second serpent, inexpérimenté et borné, à la botte de ses réflexes reptiliens, a mordu la jeune femme à l'endroit précis où le tendon d'Achille rejoint le talon. Son congénère, jaloux et dépité, en reste pantois au bout de sa laisse.

Une grande et majestueuse vague emporte Eurydice sous les yeux d'Orphée ainsi rattrapé par sa destinée.»

On n'inverse pas plus le sens des mythes qu'on ne change la place des étoiles dans les constellations. Personne n'est habilité à faire mentir une légende. Et le présentateur de l'émission de *Radio Destin* d'y aller de son commentaire: «Orphée aurait-il aimé à jamais Eurydice s'il n'avait pas dû aller la chercher en enfer? Si ces deux-là n'avaient eu pour seuls soucis que de trouver une laisse pour un reptile invalide, de la crème à bronzer et des lunettes de soleil pour aller à la plage, ils n'auraient pas tardé à s'envoyer du sable dans les yeux. Car c'est tous les jours qu'il vous appartient d'aller en enfer pour chercher celle que vous aimez.»

Ayant traversé les faubourgs où les hautes façades affichent la lueur bleuâtre et tremblotante des téléviseurs, nous roulons maintenant dans la large avenue qui longe le jardin municipal. Je me gare dans la contre-allée.

Et voilà, Messire La Truffe. On est arrivé dans ton quartier. Tu ne dois pas habiter bien loin d'ici. Viens, montre-moi le chemin!

Il me jette un coup d'œil entendu.

QUELQUES JOURS PLUS TARD

Décidément, ce chien n'en finira pas de m'étonner. Chérie m'avait confié sa laisse, mais à peine étions-nous sortis sur le boulevard qu'il l'a délicatement prise de ma main pour aller la lâcher dans la première poubelle venue. En réponse à ma surprise, il s'assied sur le trottoir, me regarde, bâille comme pour me dire de ne pas insister, se remet ensuite sur ses quatre pattes, agite joyeusement la queue, vient se placer tout à côté de moi, et lance un jappement en regardant droit devant lui. J'obtempère en reprenant ma marche, et je constate qu'il reste rigoureusement à ma hauteur, dépassant mon genou d'une encolure mais ne s'en écartant pas, même lorsqu'il voit passer des réverbères et autres supports connus pour attirer les truffes et stimuler les vessies canines. Que je coure ou que je m'arrête, il se maintient strictement à mon côté ; nous allons l'amble.

Il semble très heureux de la conversation que j'ai eue avec sa patronne.

Malgré sa surprise, celle-ci m'avait instantanément identifié en m'ouvrant sa porte. Elle précisa pourtant qu'elle n'aurait jamais répondu à la sonnerie à une heure si tardive si elle n'avait pas reconnu les glapissements de son chien dont l'absence commençait à l'inquiéter. Elle se présenta avec son inhabituel et intrigant prénom. En me disant qu'elle avait lu mes livres, elle me proposa d'entrer. Le chien s'empressa d'aller boire dans son écuelle, tandis que Chérie me proposait un café auquel je préférai un verre d'eau. Très heureuse d'avoir récupéré son chien, elle me remercia d'en avoir pris soin, mais semblait intriguée par les circonstances qui m'avaient conduit à le lui ramener. Où donc l'avais-je trouvé, et pourquoi n'est-il pas rentré, comme d'habitude, par ses propres moyens? Pourquoi cet intérêt de ma part pour cet animal ? Ma démarche apparemment désintéressée n'était-elle en fait qu'un prétexte pour faire sa connaissance? Dans quel but? Un pari? Un désir?

Elle ne posa pourtant aucune question ; elle fit l'éloge de son chien. Souriante et passant souvent sa main dans sa belle chevelure blonde déjà défaite, elle releva combien il est à la fois fidèle et indépendant, exclusivement dédié à sa personne quand elle le souhaite et totalement autonome pour ne pas la gêner lorsqu'elle est occupée. En passant, elle me demanda si j'étais celui vers lequel elle avait vu courir son chien alors qu'elle lisait assise sur un banc dans les jardins du canal. Je confirmai.

J'étais troublé par sa voix mélodieuse et rauque, ainsi que par ce que je percevais d'intimité dans sa chevelure libérée pour la nuit. Je me demandai si elle avait conscience de la manière dont elle faisait se tendre la soie blanche de son peignoir sur la pointe de ses seins lorsqu'elle se passait les mains dans les cheveux. Elle s'était assise sur le canapé en repliant ses jambes : je notai la joliesse de ses pieds et la mobilité de sa taille. Bien qu'elle se montrât volubile à propos des qualités de son chien, je sentais que quelque chose la préoccupait. Peut-être le chien partageait-il le même pressentiment ; au lieu de se réfugier dans l'indifférence du sommeil, il s'était assis à côté de sa maîtresse.

Chérie se tut, enroula quelquefois le cordonnet de sa ceinture autour de son doigt, puis se leva. Elle s'approcha de son chien, s'accroupit, le caressa longuement, en silence, puis alla prendre une lettre sur un guéridon. Elle me pria de bien vouloir l'excuser de m'importuner en osant me confier un souci. Elle se permettait de le faire en raison de la gentillesse dont j'avais fait preuve en lui ramenant son chien.

En bref, cette lettre faisait l'éloge de ses qualités professionnelles et lui proposait d'accompagner un célèbre pianiste au cours d'une tournée en Europe, puis au Canada, aux États-Unis et au Japon. Elle aurait à organiser son voyage, à en aplanir toutes les difficultés pratiques, prévues et imprévues, afin qu'il puisse se consacrer exclusivement à la musique. La tournée devait durer cinq mois, et comprenait non seulement des concerts en tant que soliste, mais également des récitals, de la musique de chambre, des conférences, des enregistrements et des master classes.

– Ben, ce genre d'activité...

– Vous le voyez délaissé, malheureux et n'ayant jamais le temps de retrouver ses marques...

– C'est ça. Les programmes de ces tournées sont très serrés. Tous les trois ou quatre jours, ce pauvre chien se verrait placé dans la soute d'un avion ! Non, c'est impossible.

– Et ici, insinuai-je, parmi vos amis ou dans un chenil ?

– Dans un chenil pour cinq mois ! Non, jamais, mon chien serait trop triste. Bien sûr qu'il est indépendant, mais il a besoin d'un attachement. Il y avait bien Albert, seulement voilà, nous nous sommes disputés. Il ne comprend pas que je puisse désirer vivre cette expérience et n'a pas la générosité de me pousser à accepter. Albert n'a pas l'envergure d'imaginer tout ce que ces cinq mois auraient pu nous apporter. Il n'est attaché qu'à ses habitudes protégées par son égoïsme... Et, de toute manière, il n'aime pas les chiens. Il n'aime pas mon chien... Non, il n'aime que lui-même.

Le chien s'était levé et frottait sa tête contre la main de sa maîtresse.

Lorsque mon regard croisa le sien, il traversa le tapis pour venir s'asseoir à côté de moi. Chérie l'avait suivi des yeux.

– Mais !?...s'exclama-t-elle.

– Aussi muette qu'explicite, la solution me paraît toute trouvée !

– Vous feriez cela ?

– A une condition.

– Dites ! Vite !

– Que vous m'autorisiez à faire un voyage avec votre chien. Lui et moi. Jamais en avion, promis. Sauf imprévu, nous serons de retour dans six mois. Je termine en ce moment mon dernier livre ; les détails pourront être réglés par courrier. Votre chien a joué un rôle majeur dans ce livre autant que dans mon désir de partir en voyage. Si vous lisez un jour ce récit, vous comprendrez qu'il ne suffit pas au papillon de se débarrasser de l'enveloppe qui enfermait sa larve. Encore faut-il qu'il déploie ses ailes pour aller à la découverte de tout ce qu'il n'avait pas pu voir lorsqu'il n'était qu'une rampante chenille.

Chérie ouvrait de grands yeux ; ma proposition dessinait sur ses lèvres un sourire tout à son aise.

Bien au-delà du jardin municipal, nous roulons maintenant en direction du port. Lorsque le chien pose une patte interrogative sur mon genou, je lui réponds : « Tu te souviens, la Truffe, comme tu courais autour de nous en jappant comme un jeune chiot quand Chérie m'a sauté au cou et m'a embrassé pour me dire sa joie ? En passant, je te signale que moi j'aime beaucoup son parfum.

Aujourd'hui, tu vois, nous allons embarquer sur un cargo, un immense navire, un céréalier. La première escale sera Lisbonne, puis il y aura Dakar et Monrovia. Ensuite, nous verrons. Nous changerons de bateau. Nous pourrions traverser l'Atlantique Sud et atteindre le Brésil, puis Buenos Aires, gagner la Terre de Feu, passer le détroit de Magellan ou le cap Horn, traverser la Patagonie, remonter les ports du Chili sur un *tramp steamer* et même faire un écart jusqu'à l'Île de Pâques ».

Nous allons perdre du temps, attendre la fin d'une grève de dockers ou la réparation d'une avarie. Je quitterai des endroits pour la seule curiosité d'en connaître d'autres. Nous changerons d'idée au gré de coups de cœur. Je rencontrerai des voyageurs aussi friands que moi de cette errance. Je ne ferai pas un voyage : nous nous laisserons faire par le voyage. L'avatar de mon double, que symbolise ce chien venu à ma rencontre, posera balises et phares pour me rappeler qu'on n'est jamais seul avec soi-même et que chaque voyage en contient un autre : celui du présent, celui de ce qui est maintenant, à l'instar du bateau dont l'étrave avale le futur sans l'espérer et laisse sans regrets le passé se dissoudre dans les remous de poupe. J'atteindrai cette indifférence, cette anesthésiante indolence dont j'espère qu'elle me réparera. Puis je replongerai dans le désir de contempler et dans l'enthousiasme de dire la beauté du monde.

Le taxi nous dépose à côté de la très haute coque noire de notre navire. J'avise, de plain-pied, une porte de soute ouverte pour le ravitaillement et pratiquement contiguë au quai. En deux enjambées sur une passerelle nous sommes dans le ventre du cargo.

Ce soir, le bâtiment se détachera insensiblement du quai, s'en éloignera, tournera lentement sur lui-même au milieu du bassin, puis doublera digues et fanaux pour gagner le large, la haute mer, des journées sans oiseaux, l'horizon tout autour, dans l'attente des îles.

Il y a des jours où le destin écrit lui-même ton journal de bord : «Deux n'est pas le double, mais le contraire de un, de sa solitude.»

TABLE DES MATIÈRES

OUVRAGES DISPONIBLES
AUX ÉDITIONS PLAISIR DE LIRE

CH-1006 Lausanne / www.plaisirdelire.ch
Page Facebook : Editions Plaisir de Lire

COLLECTION PATRIMOINE VIVANT

BILLE S. Corinna	Cent petites histoires cruelles
	Correspondance, 1923-1958
	Douleurs paysannes
	Juliette éternelle
	Le Sabot de Vénus
	Le Salon ovale
	Théoda
BURNAT-PROVINS Marguerite	Heures d'Automne, d'Hiver
	Heure de Printemps, d'Été
	Hôtel
	La Fenêtre ouverte sur la vallée
	Le Voile
	Près du rouge-gorge
	Vous
CHAPPAZ Maurice	Le Match Valais-Judée
	Testament du Haut-Rhône
	Un homme qui vivait couché sur un banc
avec GENEVAY Éric	Les Géorgiques de Virgile (dessins de Palézieux)
	Les Idylles de Théocrite (dessins de Palézieux)
CURCHOD Alice	Les Pieds de l'Ange
	Le Pain quotidien
	L'Amour de Marie Fontanne

FRANCILLON Clarisse	La Lettre
	La belle orange
	Le Désaimé
	Festival
biographie par *DUBUIS Catherine*	Une femme entre les lignes, Vie et œuvre de Clarisse Francillon
MARTIN Vio	Équinoxe d'automne
	Le Chant des coqs
	Grave et tendre voyage
	Terres noires
	Les Saisons parallèles
MEYER Conrad-Ferdinand	Jurg Jenatsch
OFAIRE Cilette	Chemins
	Un jour quelconque
	Sylvie Velsey
biographie par *DUBUIS Catherine*	Les Chemins partagés. La Vie de Cilette Ofaire
PELLATON Jean-Paul	Le Visiteur de brume
	Le Mège
RAMUZ Charles Ferdinand	Aimé Pache, peintre vaudois
	Aline
	Découverte du monde
	Derborence
	Farinet ou la fausse monnaie
	Jean-Luc persécuté
	La Beauté sur la terre
	La Guérison des malades
	La Guerre aux papiers
	La Guerre dans le Haut-Pays
	L'Amour du monde
	La Vie de Samuel Belet

	Le Garçon savoyard
	Le Règne de l'esprit malin
	Les Circonstances de la vie
	Les Notes du Louvre
	Le Village brûlé
	Les Servants et autres nouvelles
	Morceaux choisis
	Paris, Notes d'un Vaudois
	Passage du poète
	Séparation des races
	Si le soleil ne revenait pas
	Un Vieux de campagne et autres nouvelles
TOEPFFER Rodolphe	Derniers voyages en zigzag (volumes I et II)

COLLECTION AUJOURD'HUI

AESCHLIMANN Isabelle	Un été de trop
ANSORGE Gisèle	Le Jardin secret
BARBEY Mary Anna	Afrique
	Les Amants du Bois sacré
	Prosperity Mill
BENUZZI BILLETER Manuela	Derrière le paravent
BROSSET Georges	Le Précepteur d'été
	Le Temps de la Gravière
CHABANEL Isabelle	Des étoiles dans la main
CHERIX FAVRE Catherine	La Foire aux sentiments
	La Source des Conflits
DISERENS Michel	Les Funambules de l'indifférence
DE GRANDI Pierre	Le Tour du quartier
DE PREUX Cornélia	L'Aquarium
DERIEX Suzanne	Graines de ciel

GAILLARD-SARRON Catherine	Des Taureaux et des Femmes
GEHRI Francine-Charlotte	C'est de nouveau l'aube
	Mortes, mes îles
	Un sou d'or
GIDDEY Ernest	Le Petit Bronzino
GIGER Hubert	La sorcière de Dentervals
KEMPTER Gwénaëlle	Dust
LOUCA Anne-Lise	Pèlerinage à trois voix
MAHAIM Annik	Ce que racontent les cannes à sucre
MOSER Philippe	Tangram
PEER Oscar	La Vieille maison
PIDOUX Gil	Les Veuves
QUADRI Claudia	Une larme de Porto, peut-être ?
RAD Krassimira	Les Émigrés du bonheur
ROULET Claudine	Déborah
SERAN Abigail	Marine et Lila
TOHORAH Sandra	Salle 207, dix ans déjà
ZERMATTEN Maurice	Connaissance de Ramuz
ZUFFEREY Rachel	La Pupille de Sutherland
	Le Fils du Highlander

COLLECTION FRISSON

CADRUVI Claudia	Tripes en surgelé
DE GRANDI Pierre	YXSOS ou Le Songe d'Eve
DISERENS Michel	Dangereuse immersion
	Trajectoires meurtrières
FAZIOLI Andrea	Vengeance d'orfèvre
GAILLARD-SARRON Catherine	Un fauteuil pour trois
KEMPTER Gwénaëlle	Le Maître-Loup
MAEDER Rachel	Le Jugement de Seth
	Qui ne sait se taire nuit à son pays
METZENER Hilda	Le Maître des Joncs

Achevé d'imprimer le 3 avril 2015
sur les presses de
La Manufacture - Imprimeur – 52200 Langres
Tél. : (33) 325 845 892

N° imprimeur : 150258 - Dépôt légal : avril 2015
Imprimé en France